Qui donc co
de ses trop
traducteur,
gne de Clermont-Ferrand où il publiait, entre autres, chaque semaine, de délectables et vagabondes chroniques où l'on apprenait que les éléphants sont irréfutables, que l'amour remonte à la plus haute Antiquité, où l'on n'ignorait plus rien de la timidité des pieuvres, des délices des prunes meringuées ou de la magie de Valery Larbaud ? En vérité, le génie de Vialatte se révéla au plus grand nombre après sa mort, et ce fut précisément la publication de ses chroniques en volumes qui lui assura l'essentiel de sa juste et trop tardive consécration.

Mais il est toujours impossible, bien entendu, de faire l'impasse sur Vialatte romancier, Vialatte à la recherche d'une « œuvre » à laquelle il consacra le plus clair de son temps, parfois en vain, car ses exigences étaient plus impitoyables que son désir d'achever un « vrai » livre. Que reste-t-il, par exemple, de *La Complainte des enfants frivoles,* ce vaste ensemble romanesque échafaudé en 1920 et qui devait regrouper plusieurs romans dont *La Dame du Job* ? Quelques récits, une nouvelle, des fragments qu'il essaya de reprendre en 1971 et de terminer... mais le 3 mai de la même année, l'attendait son rendez-vous avec la mort.

Alexandre Vialatte aimait Larbaud. *La Dame du Job* permet de s'en persuader. Vialatte, c'est justement un certain regard d'enfance, une nostalgie poétique et singulière, la transfiguration de la réalité par le regard émerveillé et anxieux de deux jeunes garçons. *La Dame du Job*, écrivait Alexandre Vialatte à Jean Paulhan, « est une dame qui fume la cigarette sur un calendrier du Job dans une auberge sur le plateau du champ de tir, près d'une petite ville de garnison ». Son image fascine le narrateur et son inséparable ami, Frédéric Lamourette. Ensemble, ils vont bâtir autour de cette auberge et du champ de tir voisin, un univers fantastique dont elle sera la reine énigmatique. Réinventant les faits, métamorphosant les éléments épars de leur existence, les enfants deviendront les visionnaires du quotidien, les magiciens du grand « carnaval de la vie ». Vialatte aimait cette idée de « carnaval » qui traduisait à la fois son goût pour l'étrange, le saugrenu, la drôlerie, la bouffonnerie et la mascarade en même temps que le sens tragique et dérisoire de l'existence.

Les deux enfants de *La Dame du Job* se laissent donc troubler et émouvoir, comme leur auteur lui-même, par les images, les parfums, les bruits qui les entourent : sifflement des trains, odeur de benzine, borborygmes et pétarades d'une automobile, larmes d'un grand Corse blond aux airs de bœuf de labour, journaux illustrés, et surtout, surtout, l'image de ce calendrier pendu à la fenêtre d'une certaine auberge, qu'ils devinent là-bas à l'horizon, avec précisément leur dame ensorcelante pour le papier à cigarette Job. Ils rêvent de la belle dame avec sa fleur rouge dans les cheveux, son petit boléro noir et sa cigarette bleutée au bout des doigts...

(Suite au verso.)

Pour Vialatte, l'auberge du champ de tir, en haut sur la colline, sert de catalyseur aux mythologies enfantines. Elle est une zone interdite qui autorise tous les rêves, qui nourrit une quête fiévreuse et en fait jaillir de véritables illuminations, des leçons de miracles.

On n'est jamais aussi heureux que dans les paradis que l'on s'invente. Mais pour les atteindre il faut passer par le voyage initiatique. Aussi les gamins n'hésitent-ils pas à grimper sur le toit de la maison de Frédéric et à s'infliger d'indispensables épreuves comme celle qui consiste à affronter, les pieds nus, le zinc chauffé à blanc par le soleil d'été... Mais Vialatte sait bien que la découverte par des enfants de ce monde incompréhensible et ambigu, les fait évoluer aussi sur une crête fragile entre jeu et drame. Ils respirent alors avec délice et entêtement ces maléfices de l'ombre que les adultes cachent aux enfants : l'amour et la mort.

Maître de ses visions et de ses émotions, Vialatte a pris dans la littérature française cette place, si rare et si prestigieuse, des écrivains que l'on dit bizarrement mineurs parce qu'ils nous ont touchés au plus secret de notre folie.

Nicole Chardaire

Dans Le Livre de Poche :

LA MAISON DU JOUEUR DE FLÛTE.

ALEXANDRE VIALATTE

La Dame du Job

ARLÉA

© Éditions Arléa, 1986.

« alors on serait nous... »

Jeu d'enfants

I

L'ÉCOLE DU VERTIGE

Le drame se noya pour nous dans la découverte du monde. Comme la nuit nous donne la lune, il nous laissa une déesse en papier.

Si loin que je remonte dans mon souvenir, je distingue à travers une vitre deux chevaux qui fument dans le brouillard sur une route blanche. C'étaient Gaillard et Papillon. Plus loin s'étendait un pré vert où paissait parfois une jument. On m'avait dit que c'était une jument (je ne comprenais pas pourquoi on ne disait pas un cheval comme pour Gaillard et Papillon). Mais il me semblait que jument était un nom recherché qui eût été prétentieux dans la bouche d'un enfant, un de ces noms pour grande personne comme « Trocadéro », « verdure », ou « arthritisme », et qu'on se moquerait de moi si je le disais. Je ne parlais donc jamais de ce cheval dont le vrai nom était Jument.

Au-delà du pré filait une route en talus où s'arrêtaient parfois des Bohémiens. Mais c'était loin et on les voyait mal, sauf quand le soleil couchant découpait leurs roulottes et leurs silhouettes de vannier comme une ombre chinoise qui nous laissait rêveurs.

Les chevaux appartenaient au commandant Percier, au lieutenant de Briffoul, et à monsieur Lamourette, le chef de musique, notre voisin, dont le fils Frédéric partageait tous mes jeux. Nous nous étions nourris ensemble, à l'époque où l'on se fait les dents, d'acier bronzé et de lapis-lazuli, car nous broutions au même collier, un héritage de sa tante Nancy. Un peu plus tard il adora la lune et les automobiles qu'il désignait du même geste rond en faisant brr... Les premiers tâtonnements d'une science incertaine joints aux efforts sérieux du commandant Percier déposaient parfois sur la route un de ces monstres étonnants qu'on appelait alors « un auto ». Celui du commandant Percier avait du côté droit une petite roue dentée avec une chaîne sans fin comme celle des vélocipèdes et sur le devant une manivelle comme celle des moulins à café. Le commandant montait adroitement sur l'ensemble par un système de marchepieds avec le lieutenant de Briffoul. Ils revêtaient pour cette opération d'énormes peaux de biques, des lunettes noires enchâssées d'un bandeau de cuir qui leur faisaient un masque étrange de sorcier cafre, et des casquettes qu'ils mettaient à l'envers par une espèce de hardiesse vestimentaire qui disait la témérité de ces exercices fascinants. Avec ces peaux ébouriffées, ces yeux d'insectes et ces coiffures de gnomes, ils paraissaient énormes et velus, pareils à de grosses châtaignes ou à des habitants de Mars. Ils tenaient aussi de la chèvre, du baril de brasseur, du sapin forestier et du jeteur de sort de l'Afrique équatoriale. Mais le plus beau, c'était de voir Ange, l'ordonnance du commandant, tourner l'énorme manivelle. Son front suait, son énorme derrière tendait toute l'étoffe de son pantalon rouge. Il s'essoufflait, mais sa persévérance arrachait parfois au moteur, tracassé par sa main martiale, des ronflements, des éclatements, des borborygmes et de subites pétarades qui nous faisaient adorablement peur. Ensuite l'auto était prise d'un sursaut, comme si elle allait s'élancer. Ensuite elle cessait tout bruit, tout mouvement, et demeurait inerte au milieu de la route, dans le brouillard qui donnait à l'ensemble un air d'image tombée de la lune. Le jeu de l'auto était fini. Nous ne pensions pas qu'il eût d'autre but que la production passionnante de ce vacarme assourdissant. Le commandant descendait, suivi du lieutenant. On ouvrait le ventre de la bête. Le commandant vissait, dévissait, prospectait, avec une méthode patiente et destructrice, coupée parfois par les caprices de Briffoul qui procédait par enthousiasme et coups de génie. Alors, pendant un temps, ils détruisaient à deux. Quand tout était en petits morceaux, on refermait le ventre de la bête et on la repoussait avec peine dans la cabane du maçon, au bord de la route, où elle restait entre les briques et le mortier. Ange se faisait aider dans cette opération par le charretier mulâtre et le plâtrier voisin qui avaient l'air de personnages de la comédie italienne. Quelquefois, avant de s'arrêter, l'auto faisait cinquante mètres d'un seul coup. C'était terrible. Et un jour, un dimanche, elle partit toute seule, à reculons, comme une écrevisse enragée, si vite qu'elle disparut bientôt sous les peupliers de la grand-route. Les silhouettes du commandant et de Briffoul, pionniers de la science, s'effacèrent dans le nimbe d'or que leur faisait la poussière de juin.

J'ai dit que la lune, dans nos mythologies, était parente des autos. Les autos descendaient de la lune. Elle nous apparut un soir comme une espèce de gelée de coings surnaturelle. Nous avions une boîte à biscuits en fer-blanc dans laquelle nous décidâmes qu'il fallait aller la chercher. La porte du couloir, qui était fermée à clef, fit échouer ce grand dessein. Notre expédition s'arrêta à la hauteur du porte-parapluies. J'étais intime avec la tête de chevreuil qui régnait au-dessus de ce meuble et dont le regard, dans l'ombre qui sentait le pain frais, comptait les cannes et les ombrelles avec une douceur effarée. Elle avait les mêmes yeux sauvages et fidèles que la mère de Frédéric.

Je passais la moitié de ma vie chez mon ami. Je connaissais l'odeur de tous les coins de fauteuils dans la vieille salle à manger. Ils étaient en tapisserie et leurs dossiers s'ornaient d'images. La plus belle était celle du Renard et de la Cigogne. Elle décorait le fauteuil de la mère de famille. Monsieur Lamourette avait Perrette et le Pot au lait qui sentait légèrement le chien de chasse.

Mais notre meuble préféré était le grand piano noir. Il se trouvait dans un coin du salon qui, par lui-même, était déjà une pièce interdite, pleine de tabous et de ténèbres. On ne l'ouvrait que le mercredi, « jour » de madame Lamourette, quand elle chantait *L'an fuit vers son déclin...* Nous n'avions pas le droit d'y toucher. La tentation était pourtant au-dessus de nos forces. Quelle volupté de souffler sur cet ébène poli une haleine chaude qui l'embuait! On pouvait dessiner sur la surface mouillée un profil, une lettre, un squelette de poisson. La place ternie se rétrécissait rapidement, le dessin s'en allait comme bu par le bois; il n'en restait qu'une petite souillure qui nous valait de temps à autre, de la part de madame Lamourette, un soupir qui nous fendait l'âme. Car les soupirs de madame Lamourette savaient prendre en cas de besoin une certaine qualité de noblesse, d'espoir déçu qui nous semblait horriblement tragique et nous punissait plus qu'un châtiment violent. Elle nous distribuait nos tartines avec un grand air offusqué. Nous comprenions notre sacrilège.

C'était ce piano qui animait toute la maison, lui donnait son rythme et son souffle; nos jeux souillaient l'autel de la vie familiale. Il fallait l'entendre tonner quand retentissait *Chant de manœuvre*, une pièce de monsieur Lamourette qui orchestrait les sonneries réglementaires coupées par des surprises rustiques ou militaires : des cris de canards, des battoirs de laveuses, des coups de fusil, mille onomatopées. Au kiosque, les dimanches d'été, avec les cuivres, les violons, les solides clairons, tout l'orchestre, c'était splendide, et chacun s'exaltait sous les beaux marronniers Louis-Philippe lourds et verts et chargés de grappes symétriques comme un papier peint de gens sérieux. Nous attendions surtout le canard, nous l'imitions avec l'orchestre. Mais il y avait aussi de grands airs d'opéra, des morceaux de bravoure de Verdi, des subtilités wagnériennes et, le soir, dans l'intimité, quand il avait fait trop beau, *La Polka des Papillons bleus* (une porcelaine musicale, une tasse de Chine, une nacre irisée) que monsieur Lamourette avait composée pour sa femme à l'époque de leurs fiançailles. Madame Lamourette l'écoutait les yeux perdus dans un passé charmant, et nous pouvions tout nous permettre pendant *La Polka des Papillons bleus*. Madame Lamourette n'était plus là : elle s'attardait dans une allée de chênes, sous une ombrelle blanche avec des jours brodés, dans un boléro bleu à petits boutons de tringlot; le soleil couchant avait l'air de sortir d'une carte postale. Elle revoyait deux papillons qui flirtaient sur le champ de blé et son fiancé lui disait galamment : « Je vous en ferai un air de danse. » Elle lui répondait d'un air tendre : « Vous êtes mon papillon bleu. » Depuis, il avait épaissi, mais elle le regardait toujours amoureusement quand il s'asseyait au piano; elle voyait dépasser de chaque côté de sa tête sa longue moustache blonde qui s'allongeait dans l'ombre et, au-dessus de ses larges épaules, le foulard rouge dont elle avait soin de protéger ce cou fragile de chanteur sujet aux laryngites. Car elle le nourrissait, l'habillait, le cravatait avec un amour infini, comme on nourrit, comme on habille, comme on cravate un papillon bleu.

C'était de ces mêmes yeux qu'elle le suivait le matin, vêtue d'un peignoir à fleurs mauves, par la fenêtre du premier, quand il partait à cheval en compagnie du commandant Percier ou du lieutenant de Briffoul. Monsieur Lamourette montait Gaillard. Je ne confondais pas les deux chevaux. Gaillard était bai brun avec des balzanes blanches (le lieutenant disait qu'il « buvait dans son blanc », ce qui me paraissait mystérieux, invraisemblable et magnifique); Papillon, lui, était une bête noire, un animal bien plus tragique – le cou maigre, la crinière moins nourrie, des yeux sanglants –, un cheval qui porte le destin. Quand nous étions aux pieds de ces hauts mammifères, nous avions peur. Ils avaient des sabots énormes qui tiraient du feu de la pierre, comme le briquet du commandant Percier, en la frappant à grands coups machinaux, sans méchanceté, avec une force tranquille. Leurs dents jaunes, leur bave argentée, leurs naseaux mous et roses, ourlés comme des oreilles, nous impressionnaient, vus de près, comme des accessoires de cauchemars sataniques. Les deux chevaux avaient un grand air dédaigneux qui les faisait ressembler au vieux monsieur Géronde, le professeur de musique vocale, qui sentait si fort la benzine et qui semblait passer son existence à détacher son gilet à la fenêtre. Mais de loin ils étaient harmonieux et doux, pleins de luisants et d'arrondis; ils brillaient comme des meubles d'ébène et d'acajou. J'aimais les yeux doux de Gaillard dont le blanc, qu'on voyait rarement, se veinait de rouge ou d'orange; je ne me lassais pas de suivre le trajet des grosses veines pareilles à des cordes molles qui relevaient la peau douce et chaude des deux bêtes; j'aimais les courbes de leurs ventres brûlants, leur poil que la sangle écrasait, et ces grosses queues coupées court, et la crinière, rude comme une herbe sèche, l'odeur qui montait autour d'eux et qu'ils vous laissaient sur les doigts, et jusqu'à leur crottin si luisant et si propre, et le geste de l'ordonnance qui les tenait.

Les cavaliers ne revenaient que longtemps après, à un moment où nous ne pensions plus à eux. Nous nous demandions d'où ils pouvaient rentrer. Frédéric assurait que les chevaux sont capables de franchir en une heure ou deux des espaces considérables, d'aller en Chine ou à Paris, ou même jusqu'en haut de la montagne. Je partageais son opinion.

La Chine, d'ailleurs, et Paris – il ne s'agit que de s'entendre – étaient pour nous deux sommets bleus qu'on découvrait à l'horizon, derrière le plateau du Champ de Tir.

Un jour, le commandant Percier partit en auto sur la route avec une dame qui était très belle et qui venait le voir assez souvent. Elle nous donnait des bonbons quand elle nous rencontrait devant chez lui. Elle sentait bon. Ces dames l'appelaient Eliane, entre elles, avec un sourire amusé; on nous envoyait jouer dehors quand elle venait sur le tapis.

Frédéric dit le soir, au dîner, en tenant son assiette à soupe comme un volant d'automobile :

– Moi, j'ai vu le commandant... Brr Brr... Il est parti dans son auto... pour Paris... avec la belle dame... Brrrrrr.

– Comment? dit madame Lamourette. Où as-tu entendu dire ça?

Elle regardait son mari avec l'air de marquer un point.

– On ne me l'a pas dit, expliqua Frédéric. Je l'ai vu.

– Tais-toi donc, dit sa mère. Et ne raconte pas de sottises.

Il y eut dès lors un refrain dans nos jeux : « Le commandant Percier est parti pour Paris. Il est parti avec la belle dame. » Frédéric le chantait tout bas, comme un secret ou une formule magique. Et la montagne devenait pour nous une sorte de terre promise et de fruit défendu, liée à d'énigmatiques merveilles, au monde de la lune et des automobiles, des choses rondes, rapides, dorées et mystérieuses, de ce qui brille, de ce qui tourne et disparaît.

Nous pensions qu'il y avait trois sexes : les hommes, les femmes et les soldats; c'était surtout une question de costume; les ecclésiastiques restaient douteux. Il ne nous serait jamais venu à l'idée que les soldats ne fussent que des hommes : ils portaient des chemises à carreaux noirs et blancs comme on n'en voyait à personne et des vestes extrêmement courtes qui leur faisaient, quand ils se penchaient en avant, d'invraisemblables derrières rouges, si hauts, si larges et si forts qu'on n'en croyait jamais ses yeux. Quel confort, quelle sécurité! Nous les admirions énormément. Les officiers étaient des êtres sans mystère, ils mangeaient aux heures de tout le monde, au lieu que Sabatier, l'ordonnance de monsieur Lamourette, disparaissait à dix heures et à cinq, bref, à des heures où l'on ne mange pas, pour la « gamelle », ou pour la « soupe ». Ces rites d'une existence secrète les auréolaient d'un mystère. Sabatier conduisait Frédéric à l'école et me prenait aussi au passage. Je revois ses grands godillots noirs tombant en cadence sur la route; il posait les pieds comme Charlot, très en dehors. Cela nous paraissait si beau que nous essayions de l'imiter. Je ne pouvais pas y réussir, mais je me disais : « Quand je serai grand je marcherai comme Sabatier. » Cet espoir me soutenait dans l'existence en dépit de mes pieds minuscules qui marchaient la pointe en dedans comme les chiens de race et les fauteuils de Chippendale. J'avais la certitude qu'un jour je marcherais comme Sabatier quand je serais adulte et gendarme. Car nous voulions « faire » gendarmes à cheval. Nous rêvions de vivre en bicorne avec des plumes sur nos chapeaux. C'était un dessein aussi clair que les raisons m'en demeurent obscures. Je n'y voyais qu'un inconvénient : les gendarmes ont les cheveux courts et on me les faisait porter longs comme à une fille, ce qui était honteux. Quant à Frédéric, nulle entrave ne l'arrêtait dans les domaines du magnifique : il marchait comme un estropié et se coupa un jour non seulement les cheveux mais même les cils et les sourcils avec des petits ciseaux de brodeur qui avaient la forme d'une cigogne dont le bec était fait par les lames.

C'était un instrument que nous admirions beaucoup parmi les objets sacro-saints de la table à ouvrage de madame Lamourette. Il sortit de cette opération avec l'apparence d'un hibou. Ce fut une journée qui se termina sans gloire et sur laquelle nous n'insisterons pas.

C'était ainsi que les ordonnances et les gendarmes, peuple mystérieux et brillant, nous guidaient vers nos destinées. Mais le plus énigmatique de tous était cet Ange qui tournait la manivelle de l'auto du commandant Percier. Au contraire de Sabatier, on ne l'appelait, je ne sais pourquoi, que par son prénom. On ne le voyait que quand il ouvrait la porte ou quand il s'occupait de l'auto. C'était un Corse blond, croisé d'Aveyronnais, qui avait l'air d'un bœuf de labour, le front bas et les cheveux drus comme ces poils qui se rebiffent au front des vaches. Il avait des yeux magnifiques, d'un gris d'eau de mer, et une mâchoire en galoche. Quelquefois on l'apercevait de l'allée des fraisiers, dans le jardin, derrière la fenêtre étroite de la cuisine du commandant, quand il faisait quelque vaisselle. Avant d'essuyer les assiettes, tant que ses mains étaient encore grasses, il profitait de ce cosmétique pour friser sa courte moustache, essuyer ses doigts sur ses cheveux et se peigner devant un petit miroir rond. Il avait le cou plus large que la tête et son crâne tombait à pic dans sa cravate réglementaire qu'il faisait sécher après lavage en la collant à plat sur la vitre. (Une fois sèche, il la cueillait comme un fruit qui se détache tout seul et la repassait, pliée en long, avec un quart, en crachant dessus pour imprimer les plis. Ces opérations magnifiques nous paraissaient le comble de la virilité.)

Un matin (je confonds les dates, car s'il me reste des visions, et fort précises, je situe mieux ces choses lointaines dans l'espace que dans le temps), il se passa un événement tout simple mais qui marqua dans mes souvenirs. Je me rappelle seulement que ce fut longtemps avant le drame.

Nos pères étaient partis pour toute la journée. Nous avions vu le commandant disparaître sur son cheval et nous restions tout seuls sous les grands peupliers à regarder par les fentes, dans la cabane du maçon, l'automobile et le tas de mortier qui prenaient dans l'obscurité une sorte de valeur fantastique. Car nous aimions, comme tous les enfants qui placent leur paradis dans les cages à lapin, tout ce qui est recoins, placards ou dessous d'escaliers, tout ce qui est obscur et limité.

Ce fut alors que la belle dame vint sonner à la porte du commandant. Je revois encore le petit anneau de cuivre au-dessus de la plaque gravée qui portait le nom de Percier en caractères noirs. On entendit la sonnette tinter dans le vestibule dallé.

Elle avait la même voix que la nôtre et que celle de Frédéric. Les trois maisons étaient pareilles, et cette symétrie me paraît aujourd'hui comme une chose fantastique, un artifice de théâtre inquiétant. Ce coup de sonnette aussi, je ne saurais dire pourquoi, m'effraie soudain comme un bruit dans une maison vide. La sonnette s'entendait de très loin.

Ange vint ouvrir. Il emplissait toute la porte de sa carrure et de ce grand pantalon rouge qui semblait monter jusqu'aux aisselles sous la courte veste de la « petite tenue ». Il tenait un chiffon à la main.

— Peut-on voir le commandant? demanda la belle dame.

— Il n'est pas là, répondit Ange, il rentrera pas de la journée.

La belle dame entra quand même et la porte se referma.

Elle ne s'ouvrit que le soir, un peu avant l'heure de la « soupe ». C'était l'hiver; la nuit commençait à tomber, avec je ne sais quoi de noir, de rouge, et d'aigre et de pompeux comme un rideau de théâtre. Nous jouions encore, dans la rue, au bord du pré. C'était pour nous, après le goûter, une heure fiévreuse et nostalgique, pleine de frissons, d'ardeurs mélancoliques et d'on ne sait quel espoir déçu qu'il m'arrive de retrouver encore quand un train passe à l'horizon. Nous attendions le passage de l'express. Il arrivait comme un bolide, de très loin, brusquement, d'un tournant de l'espace comme pour nous écraser soudain avec des flammes, dans un cyclone, puis s'éloignait, rapetissait, assourdissait son tonnerre inégal qui était devenu soudain métallique sur le pont et qui finissait dans l'espace comme la dernière vibration d'une corde de violon. L'émoi, la peur, la fièvre, le désir et l'extase, puis le regret accompagnaient son bref passage dans nos oreilles, prolongeaient le roulement estompé dans nos cœurs.

– Saugues-les-Bois, Saugues-les-Bois, criait Frédéric dans sa fièvre, comme pour attraper brusquement quelque chose qui s'en allait à tout jamais.

Ce n'était que la première station. Mais elle nous paraissait lointaine et merveilleuse comme le but même de l'express, comme ces noms qu'on trouve dans les livres, sur des cartes, et qui font rêver : Ampasimbé-la-Sablonneuse, ou Orkozoum...

Saugues-les-Bois, patrie du bonheur...

La petite porte s'ouvrit. Elle était vitrée dans le haut, avec un grillage à volutes. Et il n'y eut pas autre chose ce soir-là. Nous ne savions pas alors qu'elle s'ouvrait sur le drame. La belle dame en sortit avec son boa de plumes et son petit chapeau sur le côté, sa voilette à gros pois et son odeur de violettes. On voyait Ange qui la suivait, dans la pénombre. Elle regarda à droite, à gauche, et disparut du côté de l'avenue dont on apercevait au loin les becs de gaz qui commençaient à s'allumer comme des bulles jaunes. Et puis l'express passa en trombe et il n'y eut plus que la rumeur de nos rêves dans la nuit qui brassait un petit croissant de lune, les peupliers et un début de brouillard.

Nous ne nous serions pas souvenus de la petite porte qui s'ouvrait si Frédéric, le soir, à table, n'avait pas raconté cette mince aventure et si sa mère ne lui eût pas interdit d'en parler en assurant que nous nous étions trompés.

Tout commença probablement par ce soir triste où la petite porte s'ouvrit; et, quand je me souviens de ces choses, avec l'express qui passait en bolide, il me semble que ce fut lui qui apporta toutes ces aventures comme un cheval que monte le destin, et on nous jette en travers de la selle et il faut aller où il va.

Car l'express nous apportait tout. Nous l'attendions tout l'après-midi, dans la mesure où les enfants peuvent suivre une idée et se rendre compte de l'heure. Il n'arrivait la plupart du temps qu'à un moment où nous n'y pensions plus à force d'y avoir songé. L'hiver, c'était à l'heure du goûter pendant qu'on nous faisait des tartines dans la salle à manger de Fred. Et cependant presque toujours un pressentiment l'annonçait. C'était sans doute le jeu de la lumière et des ombres, le retour des rites domestiques qui coïncidaient avec eux, un bruit de pelle pour la grille de coke, le placard qu'on ouvrait; parfois même, les jours sombres, la première lueur d'une lampe à pétrole à une fenêtre lointaine. Il me semble aujourd'hui que l'express arrivait au milieu même de la salle à manger, bousculant tout, déchirant l'ombre et les reflets rouges du tapis, la lueur du feu sur les dalles, la quiétude du foyer et ses ombres de miel, sa chaleur, son odeur de pain. Il passait comme l'aventure et il balayait tout. Nos pensées s'enfuyaient, prises dans ces remous comme des papillons de papier dans l'ouragan. Frédéric, arraché d'un coup à sa torpeur, laissait tomber sa tartine n'importe où et se ruait à la fenêtre en tapant des mains sur la vitre, le nez collé contre le carreau :

– Saugues-les-Bois! Saugues-les-Bois, criait-il comme saisi de folie.

Et ses yeux dévoraient le crépuscule noir zébré de flammes vertigineuses.

Ensuite ses mains s'apaisaient. Je les vois encore, contre la vitre, posées à plat, les doigts bien écartés, noires et comme étrangères au corps, pareilles à une radiographie. Ensuite l'impatience faisait place au regret et il tombait pendant quelques instants dans une espèce de prostration rêveuse.

Saugues-les-Bois. Que de bonheurs n'avons-nous pas logés sur son mail et dans ses rues tristes! Saugues-les-Bois, plus fabuleuse qu'Orkozoum. Saugues-les-Bois, patrie de nos pressentiments. Elle n'était qu'à quinze kilomètres et nous n'y sommes jamais allés. Mais son prestige reste encore tel sur mes yeux qui ne l'ont jamais vue et sur mon cœur qui a tant rêvé d'elle qu'il me semble encore que là-bas toute cette histoire peut s'arranger, qu'on pourrait y trouver je ne sais quels soirs de juin, quels platanes, quels ciels de soie, quelles abeilles parmi les pivoines qui feraient tout rentrer dans l'ordre, et que Lamourette va enfin pouvoir rentrer du long voyage, comme un oncle oublié qui revient d'Amérique et qui rentre dans sa patrie. Et qu'il y aura Marie devant quelque piano, et les enfants à quatre pattes autour des meubles. Et cette fois ils seront arrivés, ils n'auront plus besoin de l'express. Un vieil homme viendra les attendre à la gare, dans un vieux break, avec sa casquette en lapin, et les mènera dans la montagne, et là, au détour d'un chemin, ils découvriront le vieux toit, les pelouses, les arbres, les cousines, et tout un vieux bonheur endormi sous la feuille, dans les ronds d'or que fait le soleil, en traversant les marronniers, sur l'herbe sombre.

La petite porte s'ouvrit. Mais ce soir-là nous ne savions rien de toutes les choses sur lesquelles elle s'ouvrait, et Frédéric ne pouvait pas savoir qu'elle donnait sur un chemin qui mène jusqu'à la colline, où la Dame du Job distribue ses vins noirs.

L'express qui passe et la porte qui s'ouvre, encore qu'ils n'eussent d'autre lien dans cette lointaine aventure qu'une fortuite simultanéité, devaient rester si bien joints dans l'esprit de Frédéric que je les ai retrouvés dans ses dessins. J'ai vu de lui un projet de papier peint qui a été fourni par leur thème (j'ai été frappé de la chose parce que, dans mon souvenir aussi, le train est resté mêlé à l'heure du goûter comme une figure du papier de la salle à manger des Lamourette. Ce qui est faux. Mais il faisait si bien partie de l'heure et du lieu qu'il a fini par se substituer dans ma mémoire à je ne sais quelle scène d'automne et de gibier qui serait sans doute plus exacte). L'important n'est pas ce qui se passe, mais la façon dont ce qui se passe s'imprime en nous. Surtout dans une vie comme celle de Frédéric. Et, si j'ai eu l'audace de l'écrire, c'est ce motif de papier peint qui m'y a finalement décidé parce que j'ai senti alors que, dans une certaine mesure, par la vertu des souvenirs communs et d'une espèce d'osmose plus fréquente entre enfants, je pouvais penser que je comprenais les déclics particuliers de son imagination.

Si nous ne sentions pas de même, nous sentions parallèlement. J'ai dit combien j'avais été frappé de ses mains posées sur la vitre et plus noires que le crépuscule qui composait leur toile de fond. Cette noirceur m'intriguait, d'une chose si blanche. Elle créait un mystère des mains. Tantôt blanches, agiles, dentelées et presque indépendantes du corps dont elles avaient l'air coupées au bout des manches foncées des vêtements, légères comme des papillons, et tantôt noires sur la vitre, étalées avec leurs cinq doigts comme des feuilles de marronniers contre le ciel, avec des étoiles tout autour qui entraient comme dans des golfes dans les espaces entre les doigts, les décollaient d'un seul coup comme un papier de « décalcomanie ». Il n'en restait rien sur la vitre. Comment une chose pouvait-elle être à la fois tantôt noire, tantôt blanche, tantôt ronde, tantôt plate, tantôt plus grande que les étoiles? Problème, surtout, de dessinateur. C'était sans doute ce qui travaillait le plus Frédéric. Pour ma part, j'étais plus sensible au problème du vocabulaire : pourquoi ce mot de main? Et comment savait-on que cette chose s'appelait main? Le mot désignait des choses si différentes. Pourquoi était-ce toujours main? Je posais la mienne sur la table où le tapis de cachemire faisait ressortir son contour, je disais « main » et je sombrais dans une sorte de vertige. Le mot pendule me procurait le même genre de perplexité. Il n'avait pas l'air de faire corps avec l'objet qu'il désignait. Au lieu que certains mots au contraire me paraissaient inséparables de leur chose; on avait l'impression naïve que c'était le vrai nom de leur objet. D'autres trompaient : ils n'évoquaient l'objet que par une décision arbitraire de ces géants divins qu'étaient les grandes personnes; ils ne l'atteignaient que par la bande; ils étaient une incantation plutôt qu'un nom. D'autres aussi paraissaient s'appliquer à des objets qu'ils ne désignaient pas. D'autres enfin ne s'appliquaient à rien; et, parmi eux, les uns sympathiques et plaisants, d'autres revêches, ridicules et prétentieux : « arthritisme », « Trocadéro ». Trocadéro était invraisemblable, hybride et repoussant. Nous le répétions quelquefois en l'employant à l'aveuglette, ou sans objet. Notre litanie se terminait en chanson sur l'air d'un refrain de nourrice :

« Au Tro, au Tro, au Trocadéro »

Nous avions fini par penser que c'était peut-être le nom de quelque âne espagnol. Au-dessus de tout cela il y avait les mots de passe, des mots trop beaux pour le langage humain, qu'on avait dû faire pour le plaisir, comme nous en faisions nous-mêmes en mélangeant les syllabes au hasard. On les trouvait surtout dans les catalogues que madame Lamourette lisait seule, à mi-voix, d'un air pensif, en écrivant et en se mordant parfois la lèvre, au moment des commandes d'automne : organdi, macramé, shirting, madapolam. Nous jouissions d'eux pour eux-mêmes. Aucune curiosité de leur signification ne nous traversa jamais l'esprit. Je pense mêne que nous aurions été déçus de les comprendre. Mais la question ne se posait pas. Nous les répétions à voix basse et rougissions si on nous entendait célébrer ces étranges mystères; nous pensions que ces mots étaient trop beaux pour nous et qu'il y avait de notre part, à en user, une prétention qui nous rendait coupables. Mais leur splendeur nous exaltait. Nous les chantions. C'était une religion faite de litanies, de messes basses, de répons et de cantiques.

Frédéric s'adonnait comme moi à ces vertiges du vocabulaire, mais je pense qu'il y avait pour lui, dans le jeu des formes et des couleurs, des sorcelleries et des prestiges où mon esprit ne le suivait pas. Outre le thème de l'express et celui de la porte qui s'ouvre, il dessinait souvent à cette époque-là un enfant atteint de la rougeole, avec une technique barbare et primitive dont il essaya par la suite de garder certains procédés. L'enfant, c'était Robert, le petit-fils du propriétaire, que nous étions allés voir un jour. Sa mère nous avait dit qu'il avait la rougeole. Depuis, Frédéric, hanté par l'imagination de cette maladie plus séduisante que la vulgaire varicelle, le dessinait dans la mesure des lumières qu'il avait acquises sur le sujet. Robert devenait sur ces peintures une sorte de limace bigarrée, de larve verte ornée de disques rouges comme une espèce d'étoffe à pois, couchée sous les draps transparents. Il s'incrustait à angle droit dans un personnage ténébreux, avec une tignasse d'ébène, des bas noirs et des souliers noirs, qui ressemblait au vicaire de la paroisse. Cette forme sombre et terrifiante était censée représenter la maman du petit Robert. L'ensemble monstre à pois et monstre ténébreux composait une équerre à T. J'ai souvent retrouvé cette équerre comme motif de composition dans les dessins de Frédéric. Quant au petit garçon à rougeole, c'était lui qui devait un jour nous apporter le secret de la Dame du Job.

Le souvenir me sert moins bien quand je cherche à revoir cette salle à manger qui me fut pourtant si familière et dont les images de fauteuils restent si nettes dans mon esprit. Elle me laisse une impression de rouge et de noir dans une épaisse fumée bleue. Frédéric m'apparaît, avec ses cheveux dorés, dans ce décor trouble, rouge et noir, quand je revois, surtout en hiver au crépuscule, à l'heure de l'express, comme une espèce de valet de cœur dans un jeu de cartes qu'on bat vite. Tout le reste était en rois de pique. Le rouge et noir provient sans doute des uniformes de ce temps, mais aussi du grand feu de coke et du tapis de cachemire qu'il y avait sur la table ronde, et de l'ébène du piano, et d'un cadre en peluche orange qui entourait une photographie de la Grande Roue, et des cerises que les dames portaient sur leurs chapeaux. La fumée sort des pipes en bois, des pipes d'écume, des pipes en terre; il y en avait avec des têtes de zouaves dont les yeux d'émail blanc sortaient férocement d'un visage de chocolat. La lampe à pétrole faisait un rond d'or sur le tapis de cachemire, et des officiers bavardaient. Ils étaient jeunes et rieurs pour la plupart, avec de grandes moustaches et la mouche sur le menton. L'un nous faisait crier « Vive l'Empereur! »; un autre nous hypnotisait; un troisième nous faisait chanter un refrain qui parlait d'un sapeur et d'un orang-outan; nous ne comprenions pas pourquoi cette chanson était si drôle quand c'était nous qui la chantions. Le commandant Percier qui était pour le progrès scientifique, l'automobile et la photographie, montrait des clichés noirs sur lesquels son bataillon avait l'air d'une assemblée d'ombres dans la nuit. Il avait fait venir de Paris un Vérascope sur les conseils de *L'Actualité Française* qui vantait en dernière page cette « jumelle stéréoscopique » qui donnait « l'image vraie, garantie superposable avec la nature comme grandeur et comme relief ». Les journaux illustrés étaient pleins de ces merveilles au milieu des portraits de ministres barbus et de dessins qui représentaient des militaires, des bonnes d'enfants et des corsets, « Le Rêveur », « Le Mondain », « Ravissant modèle à buste targette de 0,31 m modèle essentiellement nouveau en similicoutil et baleines incassables; se fait en batiste brodée rose ou ophélia ». Le lieutenant de Briffoul, qui était tout petit, tout jeune, avec une grande moustache blonde et l'œil rieur, s'amusait de tout. Nous l'aimions bien. Le commandant, lui, nous intimidait; il était sec, tout jaune et légèrement chauve, et maintenait le pli de ses petites moustaches au moyen d'un appareil métallique formé de ressorts à boudin qu'il mettait en allant se coucher; mais ses attractions scientifiques révélaient un monde étonnant de possibilités hardies et de conquêtes sur la matière.

Monsieur Lamourette, quand la pièce se vidait, nous prenait souvent sur ses genoux pour nous raconter des histoires qui arrivaient à des écureuils, à des renards ou à des gros loups, de grands gros loups, de petits gros loups et toutes sortes de gros loups intermédiaires. Notre imagination était pleine d'animaux et de confusions magnifiques. Rien n'existait, ni le temps, ni l'espace. Quand nous songions en été à l'hiver, il nous semblait que nous avions changé de pays. A travers les nuits et les jours la maison nous portait comme un bateau brillant dans le brouillard et la tempête, et parfois, sous le grand soleil, elle voguait comme une frégate des vieilles images parmi les îles océaniques.

Monsieur Lamourette parlait souvent avec ses amis du plateau de Paluel, du col et de l'auberge du Champ de Tir, et ce plateau nous apparaissait comme le pays lointain et grandiose où devaient se passer ces histoires d'où le gros loup sortait toujours penaud. Il nous fit même voir un jour la maison du gros loup du côté du plateau. Ce détail confirma toutes nos suppositions. Ce fut dans la même région, du côté de « Paris » et de « la Chine », que nous situâmes les histoires que nous racontions entre nous, dans le désert du salon obscur, au milieu de la végétation des pieds de fauteuils et des housses rigides. Il y avait notamment celle du ramoneur, et le cycle du « petit Miaulet », sorte d'épouvantail mythique que Frédéric avait créé par la seule force de son imagination. Nous chantions une mélopée de son invention qui disait :

« C'est le petit Miaulet.

Qui miaule dans les rues »

et se répétait indéfiniment. Ensuite il criait : « Le voilà! ». Il imitait la voix du monstre, nous croyions entendre son pas et nous nous cachions sous les housses, terrorisés, pris à nos propres pièges.

L'auberge du Champ de Tir, qu'on découvrait au loin, devint la maison du petit Miaulet que j'imaginais coiffé de travers d'une casquette à oreillettes, avec un gilet vert, des pieds d'homme, une tête de chat et un tablier bleu.

Ces mythologies personnelles s'enrichissaient, au hasard des saisons, des scènes que nos yeux et nos cœurs draguaient sur la route campagnarde qui nous séparait des prairies où paissait Edrésie (c'était le nom de la jument).

Il y eut les vanniers de passage avec leurs roulottes vertes et leurs chevaux étiques; leurs femmes brunes, couvertes de bijoux, jetaient des sorts devant les portes où on ne leur achetait pas des corbeilles d'osier qu'elles tressaient le soir autour d'un feu de camp qui faisait luire leurs yeux et danser leurs grandes ombres. Il y avait le petit ramoneur avec ses genouillères de cuir, son bonnet noir et les mêmes yeux blancs que les gitanes, dans une face ténébreuse, comme le zouave de la pipe Jacob. Il y eut les masques de carnaval, pareils à des rois et des reines, et leurs visages immobiles qui se collaient derrière les vitres, le nez blanchi par la pression, sous leurs couronnes de carton, avec des regards luisants comme des grains de café qui coulissaient comme dans une boutonnière noire. Il y eut le montreur d'ours et son tambour de basque, qui nous faisait fuir épouvantés. Il y eut aussi le rétameur et sa chaudière, et les fourchettes qu'il plongeait noires au fond de sa cuve, dans l'odeur acide du métal, et retirait du bout de sa pince plus brillantes que le soleil. Mais celui-là, c'était dans un faubourg perdu, je ne sais plus dans quelles circonstances, où nous apprîmes par la même occasion ce mot de faubourg que je ne puis entendre encore sans mêler à ces résonances les brouillards, la vitre d'une forge qui scintille dans le crépuscule, un bruit d'enclume et les tambours d'une retraite. (J'ai retrouvé depuis, toute pareille, cette image de la nostalgie, dans le vieux solfège qui traînait sur le piano de Lamourette, je ne la vois plus, désormais, que nimbée d'une clef de sol.)

Nous retrouvions ces personnages, et bien d'autres, dans un grand journal illustré, peint d'images vivement coloriées, que nous allions lire en été sur les fauteuils du grand salon, en le dépliant sur le tapis vert. Les fenêtres étaient fermées, mais un rayon de soleil filtrait par les persiennes et réglait d'or le coin du grand tapis aussi calme qu'un miroir d'eau. Un moustique bourdonnait. C'était la musique même, cette heure grave et fiévreuse où nous attendions, sur la foi des promesses de ces images, au milieu de cette pièce ennuyeuse, je ne sais quel bonheur solennel qui n'est pas venu au rendez-vous.

On trouvait dans le grand journal des collégiens de la vieille époque en uniforme de facteur, des Nègres, des explorateurs et tous les végétaux des forêts tropicales, des nuits de Noël, de vieilles villes bretonnes aux toits tout cabossés sous le poids de la neige, de petits arbres qui frissonnaient le long d'une avenue provinciale, dans leur étroit corset de fer, comme une aigrette sur un chapeau, et un poisson équatorial gros comme un muid qui cuisait à la broche au-dessus d'un feu jaune. Je ne saurais dire quel sortilège se cachait au fond de ces images; elles nous appelaient sur la route et nous faisaient signe de partir. Il faut longtemps avant d'apprendre, en quelque point du vaste monde, devant un spectacle pareil à ceux que nous avaient promis les dessinateurs du journal, que ce qu'on allait chercher si loin, ce n'était pas ce qu'il y avait sur l'image, mais le souvenir de cette heure où l'on avait pu croire un jour qu'il existe des paradis hors de ceux qu'on s'invente soi-même. Frédéric ne devait, hélas, s'en rendre compte que bien des années plus tard devant un fabricant de tarbouches d'Alexandrie, en le regardant presser le feutre sur ses gros cylindres dorés : il sut alors que ce qu'il regrettait c'était la chanson du moustique qui volait dans le rayon de soleil au-dessus du sombre tapis. Mais ces choses-là ne guérissent pas ce genre d'homme.

De longues chimies, de subtils glissements faisaient entrer tous ces personnages dans l'auberge du Champ de Tir comme dans leur demeure naturelle. Cette petite boîte posée en haut de la colline servait de tabernacle et de catalyseur à toutes nos mythologies.

Son mystère s'accroissait encore des allusions des grandes personnes. Son auréole d'or et de pourpre se doublait d'un halo brumeux. Le commandant ne partait plus en auto qu'accompagné du lieutenant de Briffoul qui se révélait indispensable aux exigences du monstre mécanique. Ils partaient donc avec Eliane, on ne savait où.

— Où vont-ils? demandait Frédéric.

— Qu'est-ce que ça peut te faire? lui répondait sa mère.

Nous pensions qu'ils allaient « en Chine » comme les chevaux. Il arriva même plusieurs fois que le lieutenant de Briffoul s'en alla seul avec la belle Eliane. Ange remonta la manivelle; j'eus peur de lui en voyant le regard dont il suivait les voyageurs. La belle dame avait la tête enveloppée dans une espèce de tulle mauve et Briffoul riait de toutes ses dents. Les officiers riaient aussi entre eux quand ils parlaient du lieutenant et d'Eliane, mais madame Lamourette les regardait d'un air sévère et nous faisait sortir. Nous battions des mains quand l'auto s'en allait, parce que nous pensions qu'elle irait jusqu'à l'auberge du Champ de Tir et nous étions envieux d'un sort si désirable. Nous ne croyions pas si bien penser.

Un jour, madame Chérier, la femme d'un lieutenant, qui était très belle et qui sentait très bon et qui riait tout le temps comme monsieur de Briffoul, nous voyant contempler l'horizon par la vitre, nous demanda ce que nous regardions :

— C'est la maison du gros loup, répondit Frédéric en montrant l'auberge lointaine.

— Oh oui! dit madame Chérier en éclatant de rire. Vous direz ça à monsieur de Briffoul.

— Voyons, Edith, fit madame Lamourette, ne dites pas ça à ces enfants; ils seraient capables de le faire.

— Mais je l'espère bien, répondit madame Chérier, riant de plus belle.

Et le soir, madame Lamourette nous interdit de répéter ses paroles au lieutenant.

Ce fut ainsi que l'auberge du Champ de Tir entra dans une zone interdite qui autorisait tous les rêves, comme le piano noir du salon sur lequel on pouvait écrire tout ce qu'on voulait. Que n'avons-nous pas écrit sur les murs de l'auberge! Capitale de l'horizon, elle devint aussi la capitale de cette zone des toits où nous grimpions en cachette, du vertige et des folles tribus qui peuplaient nos songes d'enfants : les chevaux, les soldats, la belle dame, les ramoneurs, les montreurs d'ours, la lune et les automobiles.

De la fenêtre du grenier nous la regardâmes un jour avec les jumelles cassées qui étaient pendues sous un chapelet d'oignons. Nous nous en servions à l'envers, de sorte qu'elle nous apparut, sur l'océan jaune d'un grand couchant figé dans son or lisse, comme une chose toute petite, et si haut que jamais personne ne pourrait oser y monter, comme une espèce de tabernacle au bout du monde. Et ce spectacle avait quelque chose de grandiose et d'angoissant.

Un jour, Robert vint nous rendre visite dans tout le prestige de sa récente rougeole, cette maladie passionnante qui affole les mères, ameute les thermomètres et fait parler tout un quartier. Je fus un peu déçu de ne pas trouver en lui le monstre à pois que j'avais imaginé sur la foi des dessins de Fred. Il portait un costume marin en velours marron avec un col brodé qui ressemblait à un col de fille; mais ce détail avilissant était sauvé par ses exploits pathologiques. Il était avec son grand-père, le vieux monsieur Cahuzac, un vieillard anguleux, encadré de favoris, tout de noir vêtu, avec une redingote, une tête de mort, des orbites mauves, des veines partout, pareilles à des paquets de lacets, sous une peau fine, comme sur le ventre de Gaillard, une calotte noire, un parapluie, un air sévère et des propos grincheux. Monsieur Cahuzac avait été préfet de l'Empire. Il parlait de Victor Hugo qu'il avait connu en exil. Il nous figeait d'effroi et de curiosité. Nous nous sentîmes glacés de peur quand il demanda à madame Lamourette :

– Pourquoi ces petits me regardent-ils ainsi?

Madame Lamourette s'aperçut que nous restions au garde-à-vous, la bouche béante, les yeux fixés sur monsieur Cahuzac comme sur une tête de Méduse.

– Allez jouer avec Robert, nous dit-elle.

Et nous disparûmes dans le couloir.

– C'est un chevreuil, expliqua Frédéric en montrant la tête râpée au-dessus du portemanteau. Les chasseurs l'ont tué, poum poum (et il épaula un fusil), et après ça ils lui ont coupé la tête, crrrrrr (il faisait le mouvement de la scie). Y en a pas un chez toi, de chevreuil?

Puis il alla à l'essentiel :

— C'est vrai que tu l'as eue?
— Quoi? demanda Robert.
— La rougeole.
— Oui, dit Robert.

C'était grandiose. Il fallait opposer quelque chose d'important pour ne pas demeurer trop en reste.

— Comment ça fait? demanda Frédéric. Moi j'ai eu la varicelle. Tu l'as pas eue, la varicelle?
— Non, dit Robert.

Il était sympathique : il n'abusait pas trop de sa supériorité.

— On a des boutons rouges, dit Fred; alors ça gratte, et on pèle tout entier. Il est pas méchant, ton grand-père?
— Non, dit Robert. Il est très gentil. Mais il s'endort après le dîner. Alors maman me fait signe et moi je lui tape sur le menton avec une petite cuillère, ça lui fait froid et il se réveille.
— Ah! dit Fred rêveur et séduit par l'idée d'un grand-père aussi utilisable. Où c'est que tu l'as eue, la rougeole?

Il pensait, en vertu d'une historiette attendrissante, qu'on ne peut avoir la rougeole qu'à l'hôpital.

— Chez nous, dit Robert, dans la maison de mon grand-père.
— Moi je la connais, dit Frédéric. Nous y sommes allés pendant que tu étais malade.
— Grand-père, il a beaucoup de maisons, expliqua Robert : la nôtre, la sienne, et puis les trois ici, et puis...
— Ça c'est pas vrai, dit Fred, la nôtre elle est à nous.
— Non, dit Robert, toi tu y habites, mais elle est à grand-père. C'est lui le propriétaire; toi tu es le locataire.
— Ça c'est pas vrai, dit Fred. La maison c'est chez nous.
— Tu demanderas à ta maman, dit Robert.

Fred le regarda d'un air déçu et soupçonneux.

— Et puis encore, dit Robert, il a la maison de la montagne.

— Laquelle? demanda Frédéric. C'est pas celle-là? (Et il montrait l'auberge du Champ de Tir.)

— Si, dit Robert.

Nous étions furieux et consternés. Il nous semblait qu'on nous volait. En même temps ce n'était pas croyable. L'auberge du Champ de Tir n'était pas de ces choses qui appartiennent à quelqu'un : c'était comme l'eau, comme la rue, comme le ciel. Et puis ce n'était pas une maison de « gens ». C'était une maison d'histoires, une espèce de maison pas vraie. Et cependant Robert affirmait calmement : « C'est la maison de mon grand-père! » C'était comme si on nous eût dit que la lune appartenait à monsieur Cahuzac.

— On peut y aller? demanda Frédéric.

— Oui, dit le petit garçon.

La chose n'était pas vraisemblable. Il nous fallut un bon moment pour nous habituer à cette idée. Nous admettions bien qu'on y allât, mais dans un récit de nos parents, et pas quelqu'un qu'on pût connaître, pas l'un de nous! C'est comme les accidents, les noyades, les incendies, le petit garçon qui se casse la tête en descendant à califourchon sur la rampe de l'escalier; ce sont des choses qu'on ne voit que dans les journaux.

— Tu y es allé, toi? demanda Frédéric incrédule.

— Oui.

— Comment tu as fait? Tout seul?

— Non, dit Robert, avec grand-père.

— Comment c'est qu'on y va?

— Avec la petite voiture. On attelle Mustapha.

— Qui c'est, Mustapha?

— C'est le petit cheval.

— Tout petit, tout petit?

— Oui.

— Plus petit que le chat?

— Non, dit Robert.

— Ah! (Frédéric était déçu.) Plus petit que le chien?

— Non, dit Robert.

— Mais il est tout petit quand même?

— Oui.

Frédéric respira, soulagé.

— Comment qu'il est petit?

— Comme ça, dit Robert avec un geste de la main.

— Ah! et il est joli? Quelle couleur c'est qu'il a?

— Il est marron.

— Comme Gaillard?

— Je ne sais pas, dit Robert qui ne connaissait pas Gaillard.

— Tu as jamais vu Gaillard?

— Non, dit Robert.

— Moi, je le vois tous les jours. Une fois je suis monté dessus et je suis allé en Chine.

— C'est pas vrai, dit Robert. La Chine c'est sur les cartes.

— Non, dit Fred, c'est ici. (Et il montrait le plateau.)

— Menteur, dit Robert. C'est pas vrai. Puisque je te dis que j'y suis allé, je sais bien que la Chine c'est pas là.

— Alors comment qu'on fait? Avec le petit cheval? Tout petit, tout petit? Et on grimpe pas avec des cordes? Moi j'ai vu des images : il y a une grande montagne et on s'accroche avec des cordes. D'abord c'est une photo du commandant Percier.

— Non, dit Robert, mais c'est haut, c'est très haut.

— Comment que c'est haut? Comme la maison?

— Oui, dit Robert, encore bien plus. Comme le clocher. On voit les maisons toutes petites, et la rivière comme une queue de rat.

— Combien de fois que tu y es allé à la petite maison?

— Une fois.

— Ah! Et tu as regardé dedans? Comment qu'on fait? Il y a une fente? On peut regarder par un petit trou? Qu'est-ce que tu as vu?

— Non, dit Robert, on entre par la porte, il y a des fenêtres, des grandes fenêtres.

— Ah! dit Fred légèrement déçu. Alors c'est comme une vraie maison?

— Oui, dit Robert.

— Qu'est-ce qu'on voit dedans ? Il y a le petit Miaulet ?
— Je ne sais pas, dit Robert.
Il réfléchit un peu.
— Il y a un briquet, expliqua-t-il. On tape sur une pierre, ça fait du feu et on allume sa pipe.
— Le commandant Percier, il en a un pareil, dit Frédéric. Je l'ai vu. Y a une grosse ficelle jaune et ça s'appelle de l'amadou. Il me le donnera quand je serai grand. On tape dessus, poum poum. C'est joli l'amadou !... Ça fait un petit feu, comme un œil. (Et il dansait sur place en agitant les mains.) Et puis encore ? Y a pas un Vérascope ?
— Je ne sais pas, répondit Robert.
— Le commandant Percier en a un, Vérascope. C'est très joli. Il s'amuse bien. (Et il secouait la tête d'un air appréciateur.) Et puis encore ?
— Et puis encore il y a une croix dans une bouteille, avec une lance et une échelle.
Cet ensemble nous étonnait.
— Ça c'est pas vrai, dit Frédéric, une croix c'est plus grand qu'une bouteille. Et une échelle c'est grand comme la maison.
— Oui mais celle-là est toute petite, dit Robert.
— Plus petite que Mustapha ? Alors comme ça ?... Comme ça ? (Et il marquait sur l'ongle d'un de ses pouces avec l'ongle de l'autre pouce des dimensions de tête d'épingle entre lesquelles Robert devait choisir.)
— Et puis encore dans la bouteille, dit Robert, il y a des clous et un marteau et une petite éponge au bout d'une petite perche.
— Qu'est-ce qu'on fait ? demanda Fred, avec le petit marteau. C'est pour clouer dans la bouteille ? Y a des petits hommes qui clouent dans la bouteille ?
— Non, elle est bouchée. C'est la passion de Notre Seigneur Jésus-Christ.
— Ah ! dit Fred.
Et il resta rêveur. Cette menuiserie éclose dans un flacon lui paraissait invraisemblable, mais elle était si séduisante

qu'il préférait en adopter l'idée. Le minuscule ravit toujours.

— Et puis encore?
— Et puis encore il y a une dame.
— Ah! dit Frédéric, dans la bouteille?
— Non, dit Robert.
— Ah! Comment qu'elle s'appelle?
— Je ne sais pas, dit Robert.
— Elle est jolie?
— Oui, dit Robert.
— C'est ta maman?
— Non c'est pas ma maman.
— Ah! Qu'est-ce qu'elle fait? Elle fait des crêpes? Moi j'ai vu une dame qui fait des crêpes. On les lance en l'air jusqu'au plafond. C'est très amusant. On les met sous l'édredon pour leur tenir chaud.
— Non, dit Robert, elle ne fait pas des crêpes. Elle fume une cigarette. Comme ça.

Il penchait la tête d'un côté, et regardait entre ses doigts une cigarette imaginaire qu'il tenait loin de lui, d'un air rêveur.

— Comme ça? dit Frédéric en imitant le geste et en gonflant ses joues pour souffler la fumée.
— Comme ça, dit Robert. Mais la dame, elle gonfle pas ses joues. Elle regarde. Comme ça.
— Qu'est-ce que c'est qu'elle regarde?
— On ne sait pas, dit Robert.
— Peut-être qu'elle regarde son petit garçon? proposa Fred. Il s'amuse avec un cerceau et elle regarde son petit garçon?
— Non, dit Robert, il n'y a pas de petit garçon.
— Ah! dit Fred. (Ça l'affligeait. Quand il y a un petit garçon, les histoires sont plus passionnantes.)
— Mais c'est pas vrai. C'est les soldats qui fument. Les dames fument pas. C'est comme les sentinelles. Et puis qu'est-ce qu'elle a fait?

Robert réfléchit un instant :

— Je te le dirais bien, dit-il enfin, mais il faudra pas le répéter. Grand-père m'a défendu de le dire.

— Ah! dit Fred passionné, dis-le-nous, dis-le-nous. Je te promets qu'on le répétera pas.

— Jure-le par la croix de beurre et le pas chevalet.

— Je le jure par la croix de beurre et le pas chevalet.

— Crache, dit Robert.

— Pourquoi? demanda Fred.

— C'est comme ça, dit Robert. Quand on jure il faut cracher par terre.

Frédéric cracha docilement.

— Maintenant, dit Robert, si tu le dis tu iras en enfer.

— Je le dirai pas, assura Frédéric.

— Une fois, dit alors Robert à demi-voix, sur le ton d'un secret important, pendant que je dormais, elle s'est tournée vers moi et elle m'a regardé. J'ai eu très peur.

— Pourquoi? demanda Frédéric, elle est méchante?

— Je ne sais pas, dit Robert.

— Mais pourquoi tu as eu peur?

— Parce qu'elle a bougé, dit Robert. Elle est vite revenue à sa place. Mais j'ai bien vu qu'elle avait bougé.

— Mais puisque tu dormais?

— Je m'étais réveillé un petit moment.

— Moi, quand ma maman bouge, j'ai jamais peur, dit Frédéric. Des fois, je ferme les yeux pour lui faire croire que je dors, alors elle vient, elle m'embrasse et elle s'en va. Alors je l'appelle. Alors elle est bien attrapée. Et on rit tous les deux.

— Oui, mais ta maman est en vrai, dit Robert. La dame elle est sur une image. Et les images elles ne devraient pas bouger. Celle-là elle bouge. Tu le diras pas? Grand-père m'a défendu de le dire. Il m'a dit que c'était pas vrai, il m'a dit que j'étais un âne. Mais moi je sais bien que c'est vrai. (Et de fait il avait l'air d'avoir très peur.) Tu le diras pas? Il attrape ma maman. Il lui dit que c'est sa faute quand j'ai peur de quelque chose, qu'elle me raconte trop d'histoires, et alors elle m'en raconte plus.

— Non, promit Frédéric, je ne le répéterai pas.

Il rêva un instant.

— Alors, dit-il enfin, c'est une dame en papier? C'est pas une dame en viande?

— Non, dit Robert. Elle est sur un calendrier. Elle est pendue à la fenêtre et on la voit quand on se réveille.

— Ah! Elle est jolie?

— Très jolie. Elle a une fleur rouge dans les cheveux. Et dessous il y a écrit « Job ». C'est du papier à cigarettes. Grand-père l'appelle la Dame du Job.

— Ah! dit Fred. Elle a une belle robe? Comment qu'elle a une robe? Elle a une robe rose? Et une ceinture dorée?

— Non, dit Robert, elle a un petit boléro noir et des boucles d'oreilles toutes rouges.

— Ça, c'est pas vrai, dit Frédéric. D'abord les boléros, c'est pas noir, c'est bleu. Moi, je le sais. D'abord ma maman en a un. C'est une petite tunique comme les zouaves avec des petits boutons de tringlot. Alors tu vois...

Il chicanait sur les détails mais son cœur savait que c'était vrai. Et déjà il n'aurait voulu pour rien au monde que la Dame n'eût pas bougé. Robert devenait indiscutable. Nulle varicelle ne pouvait plus être jetée dans la balance. C'était lui désormais qui conduisait le jeu.

— Alors, dit Fred, elle a tourné la tête et puis frout... elle s'est remise en place pour que tu puisses pas la voir bouger? Vite, vite... Mais tu l'as vue? Tu étais pas endormi? Qu'est-ce que tu as dit?

— Chut, chut! fit Robert effrayé.

On nous appelait pour le goûter. Le prestige de la Dame du Job céda devant celui des tartines. Mais elle s'était emparée de nos cœurs.

Après le goûter, Robert mit le comble à son prestige en sortant de sa poche une tête de canard enveloppée dans un mouchoir sanglant. La tête avait les yeux fermés. Je revois encore ses plumes vertes et bleues, la modestie définitive de ses paupières abaissées, le renflement que formait la tête au-dessus des yeux et le bec jaune qui avait quelque chose d'humoristique et de familier. On avait tué ce canard la veille chez Robert. Il nous décrivit l'aventure : la bonne avec son couperet, le petit billot et l'animal décapité qui avait encore fait dix mètres avec son cou tranché giclant comme un jet d'eau. Robert avait enveloppé la tête et la conservait dans sa poche par fétichisme et par pitié, comme une relique et comme une attraction, peut-être aussi par une espèce d'affreux amour.

Nous enterrâmes cette tête au pied d'un peuplier en bourdonnant des litanies comme dans un enterrement sérieux. La terre glacée résistait à nos pioches.

Ce fut ainsi que, dès le premier jour, la grande idée de la Dame du Job fut mêlée à des funérailles. Et son premier drapeau fut un mouchoir sanglant.

– Pleure, toi, disait Robert, puisque tu es la famille.

Il faisait froid, le brouillard montait et l'express emporta ce soir-là dans son sillage l'image de cette dame mystérieuse, aux yeux de danseuse espagnole, qui bouge parfois la nuit dans le cœur des enfants comme dans le cerveau des hommes, muette, souriante, énigmatique, avec sa fleur rouge dans les cheveux.

Au dîner, Frédéric, pensif, ne parla pas. Ensuite il fut très excité. Assis sur sa petite chaise et regardant le feu, il fredonnait une espèce de chanson où la Dame se trouvait mêlée comme un cuivre égyptien à des étoffes étonnantes :

> J'ai vu la Dame du Job en macramé cerise
> Madapolam, madapolam
> J'ai vu la Dame du Job et ses boucles d'oreilles
> Trocadéro, madapolam

– Moi, j'ai vu Mustapha, lui dis-je. Il était grand comme ça...

Et je montrai la table.
— Mais non, comme ça.
Il indiquait un peu plus haut.
Nous chicanions à propos de millimètres, nous le dosions comme un poison.
— D'abord c'est pas toi qui l'as vu, s'indignait Fred.
— Ni toi non plus.
Et nous nous disputions.
Bien souvent nous devions nous battre au sujet de la Dame du Job, de la couleur de son boléro, ou de la taille de Mustapha, car les enfants, malgré les apparences, ne sont pas plus raisonnables que nous.

Il y avait sur le bord du toit une espèce de terrasse en zinc avec une rampe comme je n'en ai jamais vu ailleurs. Elle menait aux cabinets dont le petit pavillon était perché là-dessus à la façon d'une tour de guet sur les créneaux d'un château fort. Du haut de cette terrasse on voyait l'horizon. L'auberge du Champ de Tir, quand le soleil se couchait, prenait alors, sur le ciel lisse et doré comme une gelée de coing, une valeur surnaturelle. Elle était, je l'ai dit, comme un tabernacle, et la fumée de la Dame du Job montait autour comme un encens.

— Je la vois, disait Frédéric, je la vois par un petit trou. Elle met sa fleur rouge dans ses cheveux. Elle bouge. Elle danse. Elle danse sur la montagne. Elle clignote et elle fait de la fumée, pffou, pffou!... Les voyageurs arrivent! Saugues-les-Bois! Saugues-les-Bois! Madapolam!

On l'épiait, on la devinait, on l'inventait. Elle était dévouée et despotique.

— Alors on serait des voyageurs, expliquait Fred. On irait voir la Dame du Job et on traverserait le désert. Ote tes chaussettes.

Il n'y avait pas à protester.

Il fallait se déchausser et traverser pieds nus le zinc brûlant de la terrasse comme ces dindons que les forains font danser sur une tôle chauffée. On ne rit que par la souffrance. La Dame du Job était déesse et nous étions ses fidèles, ses prêtres, ses martyrs éblouis.

Etait-ce foi ou besoin à tout prix de la merveille? La soif d'illusion de Frédéric était si grande qu'elle lui faisait peur à lui-même : il lui arrivait de me dire, après m'avoir détaillé longuement la vie sournoise et magnifique de cette Lorelei des hauts plateaux dans sa cabane au-dessus du monde, et m'avoir fait rôtir les pieds en son honneur, il lui arrivait de me dire, comme pour se convaincre lui-même :

– Tu sais, c'est pas vrai.
– Quoi?
– La Dame, Robert, tout ça, et puis qu'elle a bougé.

Même alors on ne savait pas s'il préférait croire ses fables ou sa raison. Car, si je l'approuvais, il n'était pas content. Il avait peur de ses propres mythes mais il était charmé d'en être épouvanté. Pygmalion craintif et ravi, il aimait cultiver le vertige. Et le vertige finit par aimer ceux qui l'aiment.

Quand je me rappelle ces vieilles choses, je m'aperçois que le secret génie de ces campagnes françaises organisait cette aventure comme un spectacle de Racine. L'unité de lieu, ou, pour parler plus concrètement, le hall des variations du cœur, le mur nu sur lequel s'inscrit la courbe des températures, nous fut solidement fourni par cette rue des Capucines où les trois maisons symétriques permettaient à Eliane de se retirer, au choix, dans tel ou tel appartement.

Depuis quelque temps elle choisissait souvent, le soir, la maison du lieutenant de Briffoul. A la même heure, quand nous jouions dans le chemin, nous apercevions sur la vitre de la salle à manger du commandant Percier l'ombre d'une tête qui guettait. Je me rappelle le nez immense qu'elle profilait; on eût dit un dessin d'enfant. Cette ombre nous faisait peur. C'était Ange qui jouait les traîtres de mélodrame. Il aurait dû être à la « soupe » : je ne sais pas comment il mangeait.

Toute ma vie je reverrai cette ombre derrière les rideaux du commandant Percier. Elle est revenue constamment dans les dessins de Frédéric comme un accessoire de cauchemar et notamment dans ses *Enfants du Labyrinthe* : c'est elle qui lui a fourni ce Croquignol de tragédie qui apparaît tantôt avec une tête de cheval, telle une enseigne de boucherie, tantôt avec un gros bâton, comme un guignol, derrière un maigre bec de gaz, tantôt en mariée de village avec une couronne d'églantines et un coutelas de boucher.

Le troisième acte ressembla à ce scénario de garçon d'hôtel qui se résumait par des numéros de porte : l'héroïne sort du 23 et entre au 4, le héros entre au 2 et reparaît au 5...

Ce matin-là nous étions occupés à ravitailler la belette. Nous avions vu cette belette entrer un jour dans le buisson : nous n'avions discerné au vrai qu'un éclair jaune suivi d'un frisson dans les feuilles, mais depuis elle avait fait bien du chemin dans nos têtes. Nous l'écoutions à quatre pattes, l'oreille tendue vers le buisson. Frédéric assurait qu'il l'entendait bouger, qu'elle avait une trompe et qu'elle chassait les mouches. Il décrivait son terrier dans le détail. Nous espérions la faire sortir en lui offrant des nourritures, nous l'entretenions de miettes de pain, de glands et de salades d'oranges. Ce matin-là nous étrennions des petites brouettes et des pelles en bois blanc pour lui ramasser des feuilles mortes. Monsieur Lamourette et le commandant nous firent monter derrière eux sur Gaillard et sur Papillon. Ils nous promenèrent ainsi. J'avais très peur mais je n'en disais rien, je me cramponnais à la tunique du cavalier dont les boutons froids me faisaient mal, je sentais onduler sous moi la croupe énorme, chaude et vivante de la bête. Peut-être les chevaux nous mèneraient-ils ainsi jusqu'à l'auberge du Champ de Tir ? Mais on nous fit descendre au bout de cinq minutes et monsieur Lamourette nous promit de nous y mener quand nous serions grands. Ils étaient partis depuis longtemps quand Eliane vint sonner chez le commandant Percier. Ange ouvrit. Elle demanda d'un ton très bref si le commandant était là.

– Oui, dit Ange au bout d'un moment.

Elle entra vivement et la porte se referma.

Ensuite nous entendîmes des cris. La porte s'entrouvrit. Nous vîmes Eliane toute rouge qui essayait de dégager son poignet. Cachés derrière le buisson de la belette, nous regardions terrorisés. Elle sortit d'un pas rapide, presque en courant. Ange, debout sur le seuil, lui lançait des insultes dans une langue que nous ne comprenions pas et qui devait être quelque patois de l'Aveyron.

Quand elle fut à quelque distance, elle se retourna d'un air de princesse outragée :

– Manant ! lui cria-t-elle.

Puis elle poursuivit son chemin en jouant avec sa ceinture. Ses petits talons pointus faisaient sonner la route.

Ange resta là un instant, sans rien dire, les poings fermés et les lèvres serrées, la tête mauvaise, à ruminer quelque dessein.

– Putain ! lança-t-il finalement.

Et il rentra dans la maison avec cette chemise à petits carreaux et cet immense pantalon rouge qui, simplifiant sa couleur et sa ligne, lui donnaient le poids symbolique d'un personnage des images d'Epinal. Et la porte se referma.

Nous restâmes seuls sur la route avec une grande envie de pleurer. Je me rappelle le goût du brouillard, la silhouette des peupliers, l'odeur amère de l'air d'automne et des feuilles mortes du fossé.

Nous ne reprîmes nos jeux que bien plus tard. Une espèce de désolation avait ralenti tous nos gestes. Le mécanisme bienfaisant des géants divins se détraquait. Nous ne comprenions pas. Eliane, ses bonbons, son sourire si gentil... Ange qui tournait si fièrement la manivelle des autos... J'avais honte de mes grands cheveux de fille et d'être si petit. Nous essayâmes de voir encore l'auberge, mais le brouillard cachait le plateau. Elle ne se montrait que parfois, comme une récompense.

– Maman, qu'est-ce que c'est un manant? demanda Frédéric à madame Lamourette.
– C'est un paysan, dit sa mère.
– Ah!
Pourquoi était-ce une insulte? Toutes les histoires des livres nous représentaient les paysans comme les nourrices du genre humain. Elles s'attendrissaient sur le pauvre bûcheron et s'attardaient à nous montrer sans pain la table même de ceux qui le produisaient, et décrivaient des processions touchantes de petits Savoyards faméliques « sur les longs chemins qui vont des villages vers les murs lointains du brillant Paris... » Bref, le paysan était pour nous, dans la vie, un voisin aimable et, dans les lettres, une figure glorieuse ou un personnage excitant qui porte une marmotte dans son sac.
– C'est pas gentil, un paysan? demanda Fred.
– Mais si, mon petit, c'est très gentil. Sans les paysans tu ne mangerais pas de pain.
– Ah! Et Ange, il est pas gentil?
– Si, dit la mère.
Frédéric réfléchit un moment.
– Et il est pas soldat? demanda Fred.
– Si, dit sa mère, tu le sais bien, pourquoi me demandes-tu tout ça?
– Alors, s'il est soldat, il est pas paysan?
– Je n'en sais rien, dit madame Lamourette.
– Ah! dit Fred, et la dame?
– Quelle dame?

— La belle madame, tu sais, qui nous a donné des bonbons.

— Eh bien quoi, la belle dame?

— Elle est bien gentille aussi?

— Mais oui, mais oui, dit madame Lamourette, laisse donc la belle madame tranquille.

Mais Fred s'y perdait complètement.

— Un putain, qu'est-ce que c'est, maman? (Le mot lui paraissait masculin.)

— Comment? dit madame Lamourette en relevant les sourcils jusqu'aux cheveux.

— Un putain.

— Un butin, tu veux dire, mon petit Fred. C'est ce que prennent les brigands quand ils ont tué quelqu'un.

— Qu'est-ce que c'est qu'y prennent?

— L'argent, les habits, est-ce que je sais!

— Alors un putain, c'est des habits? La redingote de monsieur Cahuzac, c'est un putain?

— Un butin, mon petit Fred. Oui, si des voleurs la prenaient ce serait un butin, comme le vase de Soissons. Mais qui t'a appris ce mot?

Toute l'histoire dut y passer. On nous donna, pour apaiser notre émotion, de la scène qui s'était passée, une version à l'échelle enfantine et l'assurance impérative que nous avions d'ailleurs mal entendu et qu'au surplus il y a des mots qu'il vaut mieux ne pas dire.

Au repas il y eut des chuchotements entre madame Lamourette et son mari. Madame Lamourette avait l'air en colère.

— Percier est fou; cette histoire-là finira mal. Il y a longtemps que je le prédis et je n'aime pas que les enfants aillent dans le chemin.

Il nous fut donc défendu plusieurs jours d'aller jouer devant la maison.

Le mot butin figura désormais dans le vocabulaire prestigieux comme une marchandise prohibée. Il s'ajouta, entre organdi, Trocadéro et macramé, à ces refrains que Frédéric composait pour ses mélopées. Il désignait quelque vêture, et plus particulièrement la redingote de monsieur Cahuzac qui avait quelque chose de plus vêtement, si je puis dire, que les vêtements ordinaires.

Mais, à travers ces fioritures, l'ombre d'Ange sur la fenêtre, ses invectives et ses mains nous faisaient peur.

Sabatier lui lançait quelquefois au passage des pointes qui le rendaient méchant, nous ne comprenions pas pourquoi. Mais Sabatier riait de tout son cœur quand il l'avait fait mettre ainsi dans une rage sourde. Un soir nous trouvâmes Ange assis sur une pierre derrière la cabane du maçon. Il tenait son menton dans ses mains et il nous sembla qu'il pleurait.

– Filez, les gosses, nous dit-il d'un air terrible.

Nous détalâmes à toutes jambes comme si le diable nous poursuivait.

Ce ne fut pas la dernière fois que nous surprîmes les larmes d'Ange. Il ne savait pas qu'on le voyait du jardin quand il nettoyait la vaisselle, et plusieurs fois il nous sembla qu'il sanglotait sur ses assiettes. Il ne répondait plus que par des méchancetés. Son personnage nous déroutait. Etait-il « gentil » ou « méchant »? Ses larmes nous fendaient le cœur et nous étions prêts à le plaindre, mais sa méchanceté nous le rendait haïssable. Et Sabatier, qui était un homme extraordinaire, Sabatier qui avait de si grands pieds, qui savait tout et qui marchait comme Charlot, le traitait en Polichinelle. Tout cela était mystérieux et bouleversant. Notre jugement variait suivant l'heure. Nous adoptions l'impression du moment.

D'ailleurs le personnage d'Ange ne fit que se compliquer.

– Alors, mon petit Briffoul, disait madame Chérier, il paraît que vous avez des concurrents sérieux?

Le petit Briffoul levait des sourcils stupéfaits comme toutes les fois qu'on lui parlait d'Eliane.

– Mais oui, voyons! Mais Ange, mon petit Briffoul, mais Ange!... Le satyre, voyons.

– Dites ça au commandant, disait Briffoul furieux. En quoi cela peut-il me regarder?

Nous savions ce qu'était un satyre. Il y en avait un dans le journal (il y en avait d'ailleurs toujours un dans le journal dans les périodes de nouvelles creuses). Nous avions conclu de ce portrait qu'un satyre est un être informe, à l'air idiot, la tête plus large que haute avec un chapeau noir d'une forme inusitée. Monsieur Lamourette, interrogé, nous avait de plus expliqué qu'un satyre, ou un faune, est un homme à pieds de chèvre, ce qui ravissait notre esprit. Il fallait maintenant admettre en même temps qu'Ange, qui était un soldat, était aussi et encore un paysan et un homme à pieds de chèvre, et qu'il portait un chapeau noir. Peut-être se déguisait-il, la nuit, quand on ne le voyait pas? Nous cherchions à lui voir les jambes. En même temps c'était un « concurrent ». Quelle affaire! Quelle aventure!... Quant à Eliane, quel rapport, même lointain, pouvait-il exister entre elle et la redingote de monsieur Cahuzac? Toutes ces questions nous intriguaient.

Ce qui m'étonne le plus aujourd'hui c'est que le commandant Percier qui était orgueilleux et jaloux eût conservé son ordonnance (ou que Briffoul n'eût pas trouvé quelque moyen de l'éloigner. Mais Briffoul était bon garçon). L'explication ne vint que plus tard.

– C'est la perle des ordonnances, expliquait le commandant Percier. Il m'est dévoué corps et âme.

Et madame Chérier approuvait avec un hochement de tête si sérieux et si convaincu que tout était vraiment pour le mieux dans le meilleur des chemins des Capucines.

Peut-être aurions-nous pu demander à Robert l'explication des problèmes plus ou moins formulés qui nous tracassaient la cervelle : Robert était plus vieux que nous; il était rendu éminent par sa rougeole et par le mystère de la Dame qui bouge, par Mustapha, par la tête de canard.

Mais nous ne pensions pas le revoir et son retour nous prit au dépourvu.

C'était un jour du plein hiver. Le soleil était théâtral, le vent acide, l'express fut plus fiévreux que jamais. On alla déterrer avec pompe, ornés de masques de carton, la pauvre tête de canard sous le peuplier de la prairie... Ce furent d'affreux plaisirs. On fit un rond de fil de fer qu'on posa sur la nouvelle tombe. Mais la soirée finit au coin du feu. Comme il pleuvait, Robert fut chargé de nous distraire en nous racontant des histoires. Elles commençaient toutes en ces termes : « Il était une fois un monsieur bien tranquille qui était assis bien tranquillement devant sa cheminée et qui fumait sa pipe en lisant son journal... » – « Bien tranquillement... », ajoutait-il, car il avait peur de l'oublier. Comme Baudelaire il ne rêvait que volupté, calme, pantoufles et fleur d'oranger.

C'est le dernier souvenir qui m'est resté de lui. Nous ne devions plus jamais le revoir. On l'a retrouvé trente ans plus tard dans je ne sais plus quel coin d'Afrique équatoriale, noir comme la suie, nu comme un ver et tatoué de sibyllines inscriptions. Il avait commencé là-bas par le goût de la chasse au lion. Commissaire de la marine, il disparut un beau jour, à Dakar, sous prétexte d'aller acheter des allumettes. Cinq ans plus tard il n'était pas revenu.

Tel fut le sort du petit garçon qui enterrait des têtes de canard, qui ne rêvait que de pipes tranquilles et qui avait fait bouger le premier dans nos têtes l'image de la Dame du Job. J'ai sa photographie dans un album gaufré, avec un col marin en dentelle ouvragée, des cheveux blonds très bien peignés, et ces mille détails qui disent l'amour des mères et qui accentuent les crève-cœur.

« Tel est le sort des enfants obstinés. » Il s'est fait nègre. Il tisse des nattes et danse la nuit dans des clairières au clair de lune.

La Dame du Job devait nous poursuivre longtemps. Le collège, provisoirement, nous éloigna de ses maléfices. Il y eut un jour où la voiture nous emporta chargés de deux petites cantines qui contenaient notre trousseau. C'était la jument Edrésie qui tirait. Le brouillard pendait sur les collines par lambeaux. La vieille Tour des Sarrasins nous fit signe, un instant, de loin. Les sorbiers allumaient dans l'argent du brouillard leurs frêles grappes de feu. Une nostalgie traînait dans l'odeur des fumées. C'était un grand jeudi perdu qui s'en allait, mais qu'en savions-nous ce matin-là? Et aujourd'hui, me souvenant de ces enfants qui partaient loin de leur foyer sur la grand-route avec des mères apeurées dans un carriole au trot lent, j'envie le grand espoir qui nous menait alors malgré les larmes de nos mères et je regrette cet automne riche et rouge, et vert, et si baigné d'adieux et de promesses qu'il nous semblait que nous mordions à même la vie. Elle avait un goût de brouillard, de pommes, de feu de sarments, elle était longue comme la route et chatoyante comme un bazar.

Le Principal portait un gilet vert. Il se nommait monsieur Vantre. On l'appelait Buffalo. Il ressemblait au petit Miaulet. Nous fûmes distraits du royaume du Champ de Tir et des hauts plateaux de la Dame par le paysage du préau. La cour des grands nous fit penser à quelque désert d'Amérique où le vent siffle et tue le feu qu'allument les pauvres voyageurs. Une dame la traversait, vêtue d'un cache-poussière; son sillage sentait le caoutchouc, elle portait sur son chapeau de feutre beige un oiseau jaune avec un œil tout rouge dont le bec nous piqua quand elle nous embrassa pour nous souhaiter la bienvenue. C'était la femme du petit Miaulet.

On nous fit monter au dortoir par un grand escalier de pierres en haut duquel surgit un écolier hirsute chargé d'un traversin qu'il portait à bras-le-corps. Il nous cria quelque chose au passage et disparut dans les couloirs où son pas résonna longtemps comme un souvenir au fond d'un cœur mélancolique.

Ces grands couloirs dallés et ces portes romanes, ces voûtes, monsieur Truffier, le maître d'internat, que nous avions surnommé Chaussette, debout et noir devant la porte du dortoir, ce dortoir lui-même, surtout, avec ses vingt fenêtres étroites, ses murs de plâtre et l'acacia qu'on voyait du vestiaire sont restés pour moi l'âme même de ce vieux collège provincial. Il m'arrive de m'y rendre encore et de m'y endormir en rêve, à côté de Duffin qui gardait en hiver son caleçon et ses bas de sport et mettait deux bonnets de coton pour obéir aux lettres de sa mère.

Ce furent ces lits qui, dès le premier soir, nous ramenèrent, au plus profond du songe, dans un petit break tiré par Mustapha, sur le chemin des Capucines, et nous rendirent à l'horizon ces hauts plateaux du crépuscule où la Dame du Job présidait aux chimies de notre sommeil; de longs pays de landes où l'hiver et l'automne étalaient la richesse de leur désolation et où montait une grosse lune jaune, lampe du rêve et des nostalgies.

Nous arrosions d'une larme furtive, en nous cachant, les lettres de nos mères. Celles de novembre contenaient une attraction plus étonnante que la rougeole de Robert : Monsieur de Briffoul avait failli mourir en mangeant un plat de champignons.

Ce ne sont pas là de ces nouvelles banales qui traînent dans n'importe quelles mains. Et il n'y a pas peu de romanesque à être l'ami d'un monsieur qui a failli être la victime d'un plat de champignons vénéneux. Frédéric comprit son devoir. Il décrivit aux camarades intimidés les champignons géants qui avaient causé ce drame, il flétrit leur toxicité, il les fit voir dans le dictionnaire, il mima le repas de monsieur de Briffoul, la malheureuse voracité de la victime, sa chute soudaine et verticale parmi les larmes de la famille, le zèle consterné de Sabatier qui amenait le médecin affolé, le galop du coursier rapide, la brutalité saccadée de la courbe de température pareille à une coupe schématique du massif de l'Himalaya, et la détresse du chien fidèle qui hurlait à la lune au chevet du mourant. Bref, il se montra à la hauteur des circonstances et vécut plus d'un mois de ce plat de champignons. On joua désormais dans la cour au plat de champignons toxiques et nous en retirâmes, auprès de nos camarades, la plus grande considération. La victime tombait d'un seul coup sur les racines de l'acacia et quatre camarades agitaient leur mouchoir pour la faire revenir à elle tandis que Frédéric glapissait à quatre pattes pour montrer la détresse du chien. Il se confirma désormais dans la classe que Lamourette n'était pas n'importe qui.

Ce fut encore plus beau quand on vit arriver des cartes postales de la grande coupe automobile. Frédéric, d'un air protecteur, y reconnut le commandant Percier au virage de la Baraque et prodigua sur les machines à pédalier de cette grande époque des lumières qui étonnaient les plus fins connaisseurs. Le bruit finit par s'accréditer que c'était un ami de Lamourette qui avait failli gagner la coupe (un monsieur qui lui avait promis son briquet) : sans le dernier tournant, ça y était! Mais au dernier tournant... chacun savait la scène : la concurrence déloyale, le dérapage, la chute, et combien la roche Tarpéienne est voisine du Capitole.

N'avions-nous pas imaginé le collège d'après les images trompeuses du journal illustré que nous lisions au salon dans le bosquet d'or des pieds de chaise? (Ce salon, ses fauteuils, son tapis et ses housses entraient dans le pays de la Dame du Job. Il me suffit encore de l'odeur d'une housse pour retrouver la mystérieuse géographie qui groupait les pieds de table par forêts ou par clairières et pour revoir le quadrillage des grosses sangles de toile écrue qui formaient le dessous des fauteuils.) Plus grand que *Le Temps*, ce journal illustré nous ravissait par l'exubérance de son texte, la vivacité de ses couleurs, la poésie de son imagination. Nous l'avions cru, sur la foi de ses récits, et nous pensions qu'on allait nous vêtir en facteurs, que le professeur de botanique tomberait dans l'eau tous les jeudis en poursuivant un papillon pour l'amusement de la jeunesse, et qu'on nous donnerait, aux vacances, des cousines à robe en dentelle pour nous apprendre à jouer au volant dans le parc d'un vieux château breton.

Il n'en fut rien : le professeur de botanique était la banalité même; ses plaisanteries, usées sur vingt générations, montraient la corde à en pleurer d'ennui; et nul gentilhomme breton ne nous envoya d'invitation à cousiner. Nous essayâmes de provoquer d'aussi désirables circonstances; mais Lamourette eut beau pousser sournoisement le répétiteur en promenade au bord d'une mare à canards, il ne récolta qu'un pensum; je voulus écrire à un gentilhomme pour l'inciter à nous apprendre le jeu de volant dans son château, mais ce gentilhomme n'était pas un Breton; Lamourette connaissait un Breton, mais il n'était pas gentilhomme. La vie ne ressemblait pas à la zone du Champ de Tir. La leçon des textes était trompeuse. C'était une expérience ratée. Nous commencions de nous méfier de l'imprimé : il n'y avait pas d'ermite dans le bois les jours de sortie et le petit Nègre de la classe ne permettait même pas à ses meilleurs amis d'essuyer leur plume dans ses cheveux. Il n'avait pas été esclave, comme nous l'avait promis *Le Voyage de Tom*. (Nous nous rappelions si bien l'image : « Edward, lui dit Cora en arrêtant son fouet... ».) Il n'avait jamais pleuré de rage sous les coups d'un maître cruel. Ses parents gouvernaient une armée de domestiques! Nous dûmes abandonner l'espoir de le délivrer en compagnie de Dacharet qui avait une imagination de feu et un couteau de poche de l'armée suisse.

Les tilleuls de la cour se couvrirent de givre. Ils ressemblèrent aux lustres du salon qu'on n'allumait qu'une fois par an. Nos illusions s'évanouirent une à une. Le souvenir de l'auberge du Champ de Tir s'effaçait parfois de notre esprit, puis il revenait plus tenace, plus lancinant, quand nous avions des engelures ou qu'on nous mettait en retenue. La nuit, quand nous nous réveillions, nous apercevions quelquefois une grande lune jaune qui s'enlevait d'un bond silencieux, dans le ciel, au-dessus de la Tour des Sarrasins. Nous songions alors à l'auberge, au col, au plateau du Champ de Tir, à Papillon, à Edrésie (agent de liaison familier de ce domaine fabuleux), car la Lune comme l'Hiver, et bien d'autres signes encore, étaient devenus pour nous deux, par suite d'une longue chimie, des attributs représentatifs du plateau et de nos souvenirs. Mais où cela s'était-il bien passé? Dans quel pays? Dans quel rêve confus? Et Frédéric s'endormait en reniflant, au mépris de toute éducation, une longue chandelle de morve froide.

Le printemps fleurit de giroflées les crevasses du vieux rempart. Nous nous traînions comme des ombres dans la cour de récréation; Frédéric avait creusé dans le sol un trou pour sortir dans la rue, « et puis, on irait au pôle Sud ». Le soleil nous brûlait l'échine, le Principal sonnait du cor, les « philosophes » furonculeux nous chassaient à coups de casquette, entre leurs jambes, quand nous butions dans leurs tibias, emportés par des frénésies qui nous prenaient despotiquement au milieu d'une morne apathie; nous cuisinions en grand secret des boissons pour nous rafraîchir avec des raclures de bonbons et des copeaux de papier d'argent; nous dessinions dans nos cahiers de zoologie (modeste moyen d'évasion) des cœurs roses, des poumons bleus et des intestins tricolores, et les tilleuls sentaient trop bon pour nos pauvres forces et nous crevions de nostalgie.

On allongea nos récréations, on nous fit répéter en deux temps trois mouvements *L'Hymne au labeur*, « chœur à trois voix », on aligna bout à bout dans le jardin du

Principal, entre les tomates et les pivoines, quatre tables du réfectoire, on les couvrit d'un tapis vert pour masquer leur indignité, on les chargea de couronnes en papier, on les entoura de professeurs, de moustaches, de calvities et de barbes intransigeantes, on les surmonta d'un discours sur le stoïcisme de Kant, on lança dans nos bras, au vol, des brochures à bon marché enveloppées de papier mousseline pour récompenser nos efforts, et, tandis que sous les marronniers la musique des pompiers déchaînait *Sambre et Meuse* suivie du *Chœur des Girondins*, on nous jeta, couronnés d'or et de fil de fer, dans le sein de nos mères gonflé d'orgueil, et ce fut comme si les grandes vacances devaient durer toute la vie.

Nous retrouvâmes le vieux chemin des Capucines plus petit que dans nos souvenirs; et il semblait aussi qu'une foule de choses eussent un peu changé de place ou de proportion dans le pays, comme dans ce conte de Goethe où l'on ne retrouve jamais la porte au même endroit. Nous revîmes le commandant, Eliane, monsieur Lamourette, et Ange qui avait voulu se tuer au moment du plat de champignons! Il y avait toujours quelque chose d'étrange dans la conduite de ce garçon. Certaines personnes voyaient un lien entre son geste et l'accident de monsieur de Briffoul. Mais pourquoi y aurait-il eu un lien? Ce fut Sabatier qui me raconta cette aventure. Le commandant Percier revenait de chez Briffoul qui donnait les pires inquiétudes. Il pouvait être onze heures du soir. Il avait entendu du bruit dans le grenier. Il était monté, intrigué, il avait vu un homme dans l'ombre. Le grenier n'était éclairé que par une lucarne en tabatière. Mais il avait reconnu Ange habillé de blanc par le clair de lune parmi les malles et les cantines ténébreuses.

– Pourquoi n'êtes-vous pas au quartier?

Ange n'avait pas su quoi dire.

Le commandant lui avait posé plusieurs questions sans qu'il réponde. Ensuite il avait aperçu une corde qui pendait à une grosse poutre avec un nœud coulant tout prêt. A côté, la lune éclairait une casquette ronde en toile cirée comme en portaient quelques années auparavant les ordonnances, et une ombrelle à dessins roses que la belle-sœur du commandant avait oubliée autrefois. Sous le nœud coulant qui était très haut, Ange avait dressé une cantine.

– Vous... vous aviez l'intention de vous pendre? avait demandé le commandant.

– Je ne sais pas, mon commandant.

– Vous ne savez pas!... Qu'est-ce que c'est que cette cantine? Et cette corde? Il ne sait pas! Qui est-ce qui saura alors? Enlevez-moi ça!

Et le commandant, d'un coup de pied, avait renversé la cantine.

– Enlevez-moi cette corde, et vivement!

Ange restait là, les bras ballants, le regard fixe et l'air absent.

– Enlevez-moi donc cette corde et finissons tout ça, dit le commandant exaspéré.

Ange tressaillit puis resta les yeux ronds sans un mouvement.

Aucun article du règlement, aucun souvenir de la vie civile, ne préparait le commandant Percier à empêcher, dans un grenier bourgeois, un soldat de se pendre à minuit, au clair de lune, entre une ombrelle et une casquette en toile cirée, malgré les ordres les plus stricts. Et cet idiot restait là, les yeux ronds, le regard fixe, inerte, avec un air de soumission hébétée.

Le commandant était furieux. Il avait l'habitude de commander des hommes mais pas des planches. Il le gifla à toute volée pour sortir un réflexe humain de cette menuiserie désespérante. L'homme se mit à pleurer doucement, comme un enfant.

– Prenez l'échelle.

Ange prit l'échelle.

– Décrochez-moi cet instrument.

Ange décrocha la corde avec docilité.

– Foutez-moi ça au feu maintenant. Passez devant moi.

Ils descendirent au petit bureau du commandant où brûlait encore un feu de coke.

– Jetez-moi cette ficelle là-dedans.

Le bureau s'emplit de fumée, le chanvre brûlait lentement. Le commandant soupira d'aise malgré ses yeux qui piquaient.

– Venez, maintenant.

Il le mena à la salle à manger, lui fit boire un verre de cognac, puis deux, puis trois. Ange sanglotait en silence et le verre tremblait dans sa main.

– Et maintenant, mon pauvre garçon, qu'est-ce qui ne va pas? Pourquoi vouliez-vous faire l'idiot?

Ange ne répondit pas.

– C'est une question d'argent? Il n'y a pas de plaie mortelle! Je vous aiderai!

Aucune réponse.

– C'est une histoire de femme? Les femmes sont toutes des garces. Une de perdue, dix de trouvées. Il ne faut pas vous frapper pour ça!

Aucune réponse.

– C'est une affaire de famille? Un deuil? Mon pauvre garçon... Tous les malheurs arrivent. Mais il faut réagir. Vous n'êtes pas un gamin! Du nerf, voyons. Soyez un homme!

Mais Ange ne répondait rien. Que faire de cette statue?

– Suivez-moi.

Il le fit coucher et s'installa dans un fauteuil, le sommeil viendrait peut-être à bout de cette situation pathologique. Mais Ange ne s'endormait pas. Il dut même le rattraper parce qu'il s'était levé et marchait dans la chambre. Il ne répondait pas. Le commandant le fit recoucher, bourra sa pipe et le surveilla. Ange restait immobile à regarder le plafond, l'œil fixe et le front barré de rides sinueuses.

Le commandant s'endormit. Il se réveilla à temps pour rattraper Ange qui sortait dans le couloir et se dirigeait comme un somnambule vers le portemanteau où était accrochée sa baïonnette.

Cette fois le commandant lui ordonna de s'habiller et l'amena à la caserne. Il le fit mettre à l'infirmerie avec ordre de le surveiller. Ange resta là, immobile et prostré, pendant deux jours au bout desquels on le vit reprendre son service. Il était redevenu normal, c'est-à-dire sombre et soigneux. De son côté, Briffoul était tiré d'affaire. Le commandant questionna Ange :

— Enfin, pourquoi voulais-tu te pendre?
— Je ne sais pas, mon commandant...

Il n'en tira jamais autre chose. Il le garda. Ange continua à cirer les houseaux en fumant une pipe de bois qui représentait une tête de cheval et qui avait été sculptée par un berger de l'Aveyron.

Telle fut la ténébreuse histoire que nous raconta Sabatier, tout en essuyant les assiettes dans la cuisine aux carreaux rouges. Nos parents lui avaient bien défendu de nous la dire. Elle nous travailla longtemps. Nous ne pouvions plus voir Ange avec des yeux normaux. Il était entré tout pendu dans l'auberge de la Dame du Job, les bras ballants et la langue tirée, comme une épouse dans le placard de Barbe-Bleue.

Tous nos souvenirs avaient été mis en commun. Nous y puisions sans « tien », sans « mien ». Nous en ajoutions sans vergogne. Nos mots de passe se multipliaient. Chaque jour apportait de nouvelles Amériques. Nous vivions en hallucinés. Madame Lamourette ajoutait à ce trésor impalpable et dangereux, au lieu du gros pain quotidien d'une religion nourrissante, toutes les miettes de la dévotion qu'elle pouvait trouver dans les pâtisseries roses d'une hagiographie débridée : ce n'était que viande changée en fleurs, bercail, bonbons et caramels de la vertu. Frédéric errait dans le jardin, portant au creux de son tablier d'invisibles épiceries et des monnaies imaginaires qu'il destinait à « racheter les prisonniers ». Les *Ornements de la Mémoire* nous enseignaient le fin du fin de la valeur. Nous coupions nos manteaux pour réchauffer les pauvres et nous brûlions notre poing droit, pour sauver Rome, sur une pomme de pin enflammée.

Je me rappelle une matinée de ces vacances. Je revois le menu Frédéric. Sa mère se promenait dans le jardin avec deux dames cueillant des roses, et la plus jeune, qui portait une ombrelle crème, lui dit en montrant Frédéric : « Ce petit garçon ne dort pas assez, madame. » Il était de la race des hiboux, cette race douce au toucher qui s'éveille à la nuit et voit des choses dans l'ombre. Encore ne disait-il pas tout par crainte de nos moqueries. Il cachait son rêve sous son tablier noir comme le renard l'enfant spartiate.

C'était le matin; le ciel avait l'air frais lavé, trempé dans l'indigo, repassé, pur et bleu comme une robe de dimanche. Je me rappelle le banc vert, le cri de la pompe, l'arrosoir peint; la cuisine envoyait une odeur de chocolat; des hirondelles passaient dans le ciel. Frédéric, à cette époque-là, avait un corps d'enfant fluet, maigre de jambes et d'épaules, et une grosse tête de « Je-sais-tout », mais avec un menton pointu. Une raie trop bien faite divisait ses cheveux blonds, et il portait, comme une sorte de postiche, un nez d'adulte qui rappelait le profil excessif de Pascal ou du Grand Condé, un nez aquilin aux narines parfaites, un nez du grand siècle, solennel, un nez tellement au-dessus de son âge qu'il en avait l'air prétentieux. Ses yeux bleus flambaient comme des lampes sous ses sourcils couleur de blé mûr dans son teint de lait. Par la fenêtre de son père on entendait passer une valse; elle fusait avec de petits crépitements comme un bouquet d'étincelles roses... Ombrelles, polkas, papillons blancs, papillons bleus, gravures de modes, on eût dit qu'il neigeait en l'air des myosotis : le corset que madame Chérier avait fait venir du Printemps était enveloppé de papier de soie dans une boîte à élastique. Il était semé de fleurettes roses et toutes ces dames le trouvèrent si joli...

La vie glissait sans événements notables. Je ne trouve à signaler alors dans les journaux que le satyre interchangeable des époques pauvres en nouvelles. Cette fois il n'y avait pas de photo car on ne le connaissait pas. On l'appelait l'assommeur des bergères. Sa présence avait été signalée dans le pays. On supposait qu'il avait une grande barbe et qu'il aimait le bœuf en daube. Le renseignement venait d'un aubergiste. Mais ce signalement convenait à la plupart des fonctionnaires du canton. Le *Petit Départemental* donnait de ses exploits des récits horrifiques. Madame Cartonnet, la sœur du contrôleur, conseillait à ces dames une extrême prudence et répandait le frémissement.

— Faites comme moi, leur disait-elle, je ferme ma porte à six heures et je laisse Bob dans l'escalier.

Elle avait quatre-vingt-trois ans et Bob, son petit chien noir, pesait deux livres et demie.

Quant à nous, du haut de la terrasse, nous examinions le pays pour étudier les caches possibles du satyre et nous fabriquions pour nos arcs des flèches spéciales emmanchées d'une plume « Gauloise » pour le tuer dans un guet-apens. C'était de là-haut que nous allions regarder l'auberge et rendre notre culte à la Dame du Job. C'était là-haut que l'été nous versait sa tristesse. Nous cultivions cette tristesse pour le seul plaisir de la chose. Ces mélancolies distinguées naissaient spontanément de la chaleur du zinc. Nous cultivions la peur, nous cultivions le vertige, soit par désœuvrement, soit par goût du frisson. Sur la fin des caniculaires journées, nous contemplions les jardins, les rails du chemin de fer, la passerelle de la gare, et rien n'exprimera jamais pour moi l'aridité ni la mélancolie d'une façon aussi aiguë que le topinambour solitaire qui dressait sa rosace jaune au bord du ballast enfumé près de la gare des marchandises.

L'après-midi, fidèles à nos vieux rites, nous traversions le zinc brûlant de la terrasse en regardant l'auberge du Champ de Tir. Il s'agissait de ne la quitter jamais des yeux. Quelle était notre idée secrète? En ajoutant cette condition à notre discutable plaisir, il me semble que nous cherchions, par ces pratiques ascétiques et minutieuses, à nous mettre en état de grâce pour recevoir d'elle un message; nous ne savions quelle révélation qui viendrait peut-être plus vite si nous couvions l'auberge du regard, comme un fakir fait éclore un poussin. Le zinc surchauffé par le soleil nous causait une brûlure affreuse et pourtant nous en redemandions. La blancheur de l'auberge éblouissait nos yeux, l'éclat du ciel fatiguait nos paupières, mais il fallait ne pas ciller jusqu'à la fin de la traversée : c'était le clou de cet exercice; nous y parvenions très rarement. Mais l'idée du mérite, qu'on cultivait chez nous, nous faisait penser que ces macérations trouveraient un jour leur récompense et qu'elle viendrait de cette maison que nous fixions dans une voluptueuse douleur. Le soir, nous allions nous asseoir sur une cheminée de briques pour écouter siffler les trains. C'était là la partie purement contemplative de la religion de la Dame du Job. Le crépuscule faisait valoir, par la richesse de ses teintes, le mystère inquiétant de la fabrique de meubles, les cours profondes, les grands murs illuminés de fleurs en pots et l'enseigne d'une biscuiterie qui se découpait sur fond lilas avec des lettres en faux relief, chef-d'œuvre du désœuvrement, comble angoissant de la mélancolie.

Assis sur la petite cheminée comme un stylite sur sa colonne, Frédéric se sentait plus près, à cet endroit, de quelque ballon égaré. Nous tenions prêt un bouquet de gueules-de-loup et une croix d'honneur en fer-blanc pour fêter cet aéronaute. Cette terrasse était la plate-forme du rêve, c'était le tremplin des présages. On y voyait, comme d'une hune, au fond des vagues, l'auberge du Champ de Tir s'allumer comme un phare. Les nouvelles montaient dans la nuit dans la petite odeur de benzine que dégageait leur colporteur, monsieur Géronde, qui se tenait à sa fenêtre où il dégraissait un gilet. Il les tenait de sa femme qui, derrière lui, lisait le journal, et les lançait aux gens de la rue comme des pièces de deux sous à un chanteur aveugle. Nous apprenions ainsi des changements de ministères et des tremblements de terre qui sentaient le détachant.

Dans la forêt des cheminées, une tour de verre inexplicable s'allumait sur un toit d'ardoises, comme si les charpentiers enthousiasmés par la construction de l'escalier avaient prolongé par-delà les toits et mis sous globe un si bel ouvrage. La guitare de l'ébéniste venait frapper sur nos cerveaux et nos oreilles à coups doucement obstinés, comme une pluie sur un étang, avec un petit rebondissement mélancolique. Des lumières se reflétaient dans les fenêtres de la fabrique. On entendait s'élever parfois la voix d'un batelier lointain sur le canal :

Cœur de tzigane est un volcan brûlant...

Une romance, un séisme, une odeur de benzine, il n'en fallait pas plus pour nourrir dans nos têtes une espèce de tristesse fiévreuse et passionnée.

Monsieur Lamourette n'aimait au monde que la musique, les nuages, les chevaux et la théologie. Parmi les nuages qui font et défont lentement leurs longs trains de bateaux, leurs bas-reliefs, leurs rondes-bosses, il nous exerce à discerner un crocodile, une tête de bœuf, un bouddha, ou la carte de la Bretagne. Bientôt nous sommes plus forts que lui. Frédéric découvre Papillon et le président de la République. A l'horizon, le brouillard capricieux fabrique et défait les montagnes. Un rayon promène son doigt et s'arrête sur un village qui n'existait pas tout à l'heure. Où est la réalité de ce monde? Il suffit qu'un signe se trace et les monts poussent comme en rêve. A l'altitude de ce Chanaan, nous ne pouvions recevoir que des leçons de miracles.

Nous inventions de nouveaux supplices pour rendre notre culte à la Dame du Job. Pendant un temps (un mois? un an? ou deux semaines seulement?), nous ne vécûmes plus que sur les toits, comme des chats ou des stylites. Tout ce que nous attendions de la vie, nous le demandâmes à ce vertige.

Le vertige nous satisfit et nous combla. Nous en épuisâmes les affres et les voluptés. Le plus beau, le plus difficile, c'était « le tour des cabinets ». Ils étaient dans un pavillon à l'extrémité d'une terrasse et l'un des murs surplombait le vide. Nulle intensité ne valait le frisson qui nous saisissait quand nous faisions le tour des cabinets, à deux étages au-dessus du sol, sur un mince rebord de briques où l'on ne pouvait placer que la pointe du pied, la tête tournée vers l'auberge comme les mosquées vers la Mecque, sans jamais cesser de la regarder. Nous étions les derviches de l'auberge du Champ de Tir. C'était le temple de Salomon et c'était l'Arche de Moïse. Tout à coup, deux secondes seulement, mais deux secondes qui valaient un siècle, nous nous trouvions au-dessus du vide, les bras en croix, les dents serrées, la poitrine pressée contre le mur, ayant lâché l'arête de gauche et n'ayant pas encore atteint celle de droite, extatiquement suspendus au-dessus du vide, tels des dieux. Respirer eût été mortel, la poitrine se fût gonflée, et le corps s'éloignant du mur, nous serions tombés en arrière.

Je n'éprouvais pas d'appréhension à me lancer dans cet exercice, mais, quand je voyais Frédéric dans cette position terrible, il m'arrivait d'avoir si peur que je ne pouvais plus supporter ce spectacle et que je fermais parfois les yeux. Enfin... enfin..., il terminait sa traversée. Nous ne nous disions pas un mot, mais nos yeux brillaient de plaisir.

Nous brossions, du plat de la main, nos tabliers blanchis et froissés par le mur pour qu'on ne nous posât pas de questions indiscrètes.

– Plus vite, maintenant, me disait Frédéric, le cœur encore battant d'extase.

Et nous recommencions plus vite.

Je me rappelle encore le bruit que faisait mon tablier noir en raclant le grain du mortier, et comme j'avais peur quelquefois qu'il ne suivît pas assez vite et s'enroulât autour de mes jambes, paralysant mes mouvements, ou encore qu'il se roulât, formant un bourrelet entre moi et le mur, ce qui m'eût amené peut-être, par un réflexe irraisonné, à m'éloigner brusquement de la muraille, pour supprimer cette épaisseur gênante. Nous avions d'ailleurs tant de confiance dans ce que font les grandes personnes qu'il ne nous venait pas à l'idée que rien ne pût rompre sous nos mains ou sous nos pieds; les gouttières et les tuiles nous paraissaient des chemins aussi sûrs que les routes nationales. D'autres fois, nous passions la tête entre les barreaux de la rampe, le visage tourné vers le ciel en faisant le pont, sans cesser de regarder l'auberge. Cet exercice congestionnant brûlait les yeux les jours de grand soleil comme la traversée de la terrasse, et les oreilles frottaient un peu. Quand on avait regardé le ciel un bon moment, il en venait une espèce de vertige; on se demandait où on allait tomber. On se retournait alors, sans retirer la tête, c'était un vertige inverse. Il semblait que la tête gonflât et qu'on ne pourrait plus se dégager. Il y avait là un long moment d'angoisse : c'était le piment de l'opération. On essayait de se dégager. A la première difficulté, on pensait toujours : « Ce n'est rien. » A la seconde, on s'irritait; à la troisième, on s'affolait, on se faisait mal contre les barreaux, on se sentait suer de peur. Si on allait rester pris là? Et s'il fallait scier la grille? Que diraient nos parents? Et si quelqu'un venait? Et si l'on nous voyait d'en bas et qu'on allât nous dénoncer? Jamais plus nous ne pourrions revenir sur le toit. Le toit... ces fleurs entre les tuiles, ces mousses, cette plage de coquillages et cette lune blanche par-dessus, cette plate-forme, cette récompense. Notre impuissante fureur nous lassait à la fin; notre désespoir s'apaisait, nous restions là, la tête congestionnée, suspendue au-dessus du vide; et il nous semblait par moments qu'elle allait entraîner le corps, que les épaules passeraient toutes seules et que nous tomberions sur le pavé de la cour avec un bruit d'outre crevée. Dans cette position ridicule, nous nous tirions la langue pour nier nos frayeurs. Puis, sans qu'on sache comment, la tête se dégageait.

Plus tard, nous vîmes qu'une fois la tête passée, le corps suivait assez facilement pour peu qu'on tournât les épaules. Nous acquîmes à ces exercices une extrême virtuosité. Mais peut-être finirions-nous par faire apparaître un beau jour la Dame du Job à la fenêtre de l'auberge ainsi que la dame des légendes finit par regarder le jongleur. Telle était la règle du jeu. Peut-être la connaissait-elle?

La Dame du Job, imaginaire majesté, accaparait à son profit toutes ces griseries qui naissaient de la zone exaltante. Frédéric prenait le goût du vertige et le besoin de jouer avec ce qui fait peur. Il devint de bonne heure la proie voluptueuse des choses qui promettent la terreur et habile à les susciter au fond de son imagination pour le plaisir de jouer avec elles. Au fond des caves de son esprit l'enfance apprivoise les fantômes. Elle les engraisse; elle se compose une ménagerie sans crainte d'être dévorée. Mais quelque jour ils risquent d'être trop. Quelque jour, le dompteur surpris peut rester au milieu des ombres.

Ange était-il de cette race de fétichistes? Par quel besoin de cirer les planchers fut-il retenu dans son métier? Toujours est-il qu'il se rengagea après le départ de sa classe; il s'était fait promettre par le commandant Percier de demeurer à son service. Il restait là, sombre et méticuleux, plus taciturne que jamais. Il venait même souvent le dimanche, et cette tête qui épie à travers le carreau reste inséparable pour moi du souvenir des Capucines, lié au passage d'Eliane, car c'était toujours à ce moment qu'Ange avait envie de regarder. Il était là comme un nuage dans son ciel bleu.

La vie courait, lisse et majestueuse, toute pareille à ce Meschacebé que décrivait Chateaubriand à la page 207 de nos *Morceaux choisis*. Nous ne nous doutions pas que le drame était si proche. Il éclata soudain un jour de grandes vacances et tous nos souvenirs en furent éclaboussés.

Le collège conservait toujours son âme frivole, ses chants d'oiseaux, à l'étude de cinq heures, dans les marronniers du jardin, son préau et sa chèvre blanche, ses cahiers de punitions bien tenus, ses répétiteurs à bottines, son âme brutale aussi, amoureuse des boxeurs, du cinéma, des faits divers. L'anarchie était romantique (Bonnot, plus tard, eut des admirateurs) et dans la stagnation de ces étés brûlants, dans la torpeur de ces hivers glacés, l'auberge n'offrit plus pour nous qu'un sens symbolique et lointain comme celui du galon doré que Dacharet gardait dans son pupitre, ou de ces bagues à deux sous que la fille du concierge achetait dans le son les jours de foire : on les regarde à contre-jour et on voit le ciel à travers, colorié de jaune ou de vert, suivant la nuance de la pierre. Elle ne les laissait voir qu'à ses meilleures amies. Elles mettaient la bague comme un grelot dans leurs mains fermées l'une sur l'autre et la secouaient en sautillant sur la pointe des pieds et en dansant des épaules et des hanches, avec un air de mystère et de défi.

Nous cachions tous une bague de ce genre. C'était notre trésor secret. Nous parlions grossièrement pour que nul ne le soupçonnât car tout sentiment nous faisait honte. Mais notre vie n'était au fond qu'une danse sacrée autour du bijou, un sauvage trémoussement au pied du fétiche, un frisson de derviche tourneur.

Monsieur Lamourette avait tenu sa promesse. Il nous avait confiés un matin de septembre au capitaine Coulomont pour nous faire suivre une manœuvre avec ennemi simulé, et un exercice de bivouac. On nous emmena avec *les hommes*.

Quelle fierté d'errer au bord des précipices avec ces géants cliquetants! Leur fusil surtout nous surprit. Nous apprîmes qu'on disait *l'arme*, et puis le *fer* en était de deux couleurs : le canon bronzé, *en vrai* et la culasse en *fer* plus blanc, presque mou, doux à manier. Nous fûmes surpris, nous n'aurions jamais cru qu'un métal pût sembler aussi mou sous les doigts.

Nous montions par un chemin de rocaille, bordé de buissons et de grandes pierres, avec le caporal Crégut. Nous vîmes que la crosse de son fusil était protégée par-dessous par une épaisse plaque d'acier. Jamais nous n'y aurions pensé. Nous combinâmes immédiatement un plan pour tailler des plaques de ce genre dans une vieille boîte à sardines. Nous les clouerions sur nos carabines Eurêka; elles deviendraient ainsi quelque chose de vrai, de sérieux, de vraiment militaire; on pourrait les appeler des *armes* et nos parents en seraient étonnés. Mais, par lui-même, le caporal Crégut nous inspirait encore plus de respect et d'admiration que son fusil. Il était svelte et petit, bien fait, large d'épaules et basané, une pointe de moustache sur sa lèvre ironique, et, dans l'ombre de la visière, son œil moqueur avait des reflets de peau de marron. Nous lui enviâmes la jugulaire qui passait sous son menton et les petits houseaux qui donnaient à son pantalon une ligne bouffante et martiale. Il sentait le cuir et la sueur; c'était un parfum héroïque. Nous respirions sur lui l'odeur d'un homme libre qui regarde les choses en face et que le sac ne fatigue pas.

Il s'arrêta pour uriner, sans fausse honte et sans forfanterie; il se campa juste au milieu de la route et se tourna à peine de côté; nous serions morts de honte plutôt que d'agir ainsi, mais de la part du caporal Crégut cette liberté nous parut magnifique : rien ne gênait le caporal Crégut; c'était un homme qui faisait lui-même sa loi. Frédéric se sentait honteux qu'il nous dise *vous*; il nous traitait avec égard, comme de petites chose fragiles; nous préférions le *tu* des autres soldats. Ce *tu* nous adoptait, le *vous* nous respectait trop. C'était cela qui nous gênait de la part d'un homme si admirable. Il portait sur sa manche un cor de chasse en or, insigne de tireur d'élite, et ses souliers étaient si blancs de poussière qu'on se demandait comment il avait bien pu faire pour les amener à ce point de perfection. Nous arrivions aussi à salir nos souliers jusqu'à les rendre à peu près blancs mais nous n'aurions jamais pu obtenir pareils moutons; la poussière formait sur ces gros godillots de petits flocons comme sous un lit dans une chambre qui n'a pas été balayée de six mois. Rien ne nous semblait plus viril. A la halte, au moment où on ne le voyait pas, Frédéric mouilla son index pour le passer sur le soulier du caporal. Le trait noir et brillant de cirage que cette opération révéla fit ressentir encore plus violemment l'épaisseur farineuse de la couche de poussière. Nous nous sentîmes bouffis d'orgueil d'être traités en camarades par des hommes aussi poussiéreux. Et leurs lacets étaient en cuir!

Le paysage cependant s'élargissait; nous avancions au flanc du mont, et tout à coup, à un tournant, le caporal nous fit nous baisser derrière un énorme rocher. Sa baïonnette cliqueta contre la pierre; je cherchais des yeux les soldats; ils avaient tous disparu comme nous : c'était le peuple de la guerre avec ses réflexes soudains.

Au-dessous, il y avait un abîme, puis une plaine, et, au loin, très floues, des falaises blanches, coupées de vert, rêches par endroits comme la craie du tableau noir et parfois dorées et nacrées comme les temples des tableaux dans les musées. Elles n'étaient pas blanches, puisqu'elles étaient roses, elles n'étaient pas roses puisqu'elles étaient dorées; elles avaient une couleur qui ne peut pas se dire, une couleur au-delà de la couleur, comme les choses du paradis.

En levant les yeux sur la droite, plus haut que nous, au-dessus d'une forêt de sapins, et si près en apparence que je faillis crier de surprise, je vis l'auberge du Champ de Tir. Frédéric me la faisait voir comme une espèce de secret en mettant un doigt sur la bouche. On aurait dit qu'il voyait la Sainte Vierge. Il m'a raconté par la suite que, lorsqu'il l'avait aperçue, il lui avait semblé que cette scène s'était déjà passée quelque part; qu'il avait déjà vécu cet instant et qu'il aurait dû se rappeler ce qui allait suivre mais qu'il ne pouvait pas l'amener jusqu'à la claire conscience.

Le soleil faisait flamber les vitres de l'auberge, ses cheminées coupaient le ciel; ses murs devaient être brûlants. Frédéric se sentit saisi d'accablement et de stupeur. Il était déçu et comblé. Il lui semblait qu'on venait de lui faire un grand cadeau dont il ne saurait pas se servir. Nous avions tant attendu de cette maison! Elle était banale et merveilleuse; il fallait vite en profiter, trouver le secret, l'utiliser, en tirer tout. Mais, dans notre trou d'ombre opaque, fraîche comme une gargoulette, entre les fougères vernies, le caporal Crégut, un genou sur le sol, le lebel appuyé dans une fente du rocher, examinait la longue plaine comme si rien ne s'était passé. Nous étions dans une autre zone, un autre monde. Il y avait le monde de tous les jours, il y avait, au-dessus, le monde de l'auberge. Comment les lier? Où trouver le pont?

– Vous les voyez qui sortent de la route, derrière le bois? demanda le caporal. Regardez la poussière.

Et nous vîmes un nuage de poussière qui marchait.

– Ils sont à cinq cents mètres, dit-il.

Et il nous expliqua que, plus près ou plus loin, la troupe et le nuage de poussière se seraient présentés d'une façon différente.

— La hausse à cinq cents mètres, commanda une voix.

La fougère était toute froide sous nos genoux nus. Elle avait nettoyé les souliers du caporal.

J'entendis, presque à côté de nous, un commandement qu'un écho répéta.

Là-haut, dans un autre climat, sous le soleil, aride et désolée, scintillante par endroits comme un morceau de sucre, l'auberge du Champ de Tir avait l'air de narguer l'impuissance de Frédéric à se souvenir de la suite, sa fièvre, et, comment l'expliquer? sa déception désespérée. Il aurait fallu se hâter. De quoi faire? Il ne le savait pas, mais il sentait illogiquement passer quelque chose d'irrémédiable.

— Je n'oublierai jamais, devait-il m'expliquer longtemps plus tard, comment je l'ai vue à ce moment-là, dans un éclair, juste trop haut pour qu'on l'atteigne... Elle me paraissait attirante et terrible. Il me semblait qu'il eût suffi d'un mot, d'un geste... Mais lesquels?... Pour obtenir ou empêcher quel résultat?...

Je ne comprends qu'à moitié ce qu'il voulait me dire; mais je n'oublierai pas moi non plus comment je l'ai vue à ce moment-là dans le temps qu'il faut à l'ordre d'un gradé pour provoquer le réflexe des hommes. Dans le tonnerre qui soudain ébranla toute la vallée, alla secouer tous les échos jusque dans leurs derniers recoins comme un tapis qu'on bat rageusement; je fermai les yeux brusquement, je me sentis la joue brûlée, je les rouvris juste à temps pour voir le caporal qui tombait en avant, aussi mou qu'une veste vide.

Les images de l'univers se rajustaient petit à petit, par lambeaux, à travers un rideau de fumée. Au-dessus du caporal, derrière, il y avait Ange, l'arme fumante, et pâle comme un mort. Le lieutenant de Briffoul était tourné vers lui. Le corps de Crégut gisait entre eux. On aurait dit l'image de mon plumier qui représentait une scène des zouaves à Malakoff.

Je n'avais pas encore compris que, relevant les yeux vers l'auberge — un nuage avait-il passé? —, je la vis froide, grise, basse, plus petite et différente. J'entendis un soldat qui disait : « Il est mort. »

Je le revois. C'était un grand roux avec une haute nuque, toute rose entre les cheveux, au-dessus de la cravate bleu sombre.

– A ce moment-là, disait Frédéric, il m'a semblé que tout marchait dans l'univers par le moyen de déclics soudains, par une espèce de jeu de balance, de compensations affolantes, et qu'on peut tout, jusqu'au moment où, sans aucun avertissement, il est trop tard. Il faut trouver le mot, la clef; je ne m'étais pas assez hâté.

Il en gardait la sensation d'une faute. Toutes les fois qu'on parlait du destin, il devait revoir l'auberge du Champ de Tir. Il était possible, après tout, que s'il eût regardé l'auberge un instant de plus, la mort qui suivit dans ce temps ne se fût pas produite alors. Peut-être en se retournant avait-il projeté une ombre dont le sursaut avait fait dévier le mouvement du tireur?...

Mais surtout il pensait qu'il y avait eu de sa part une maladresse, une négligence, un manque de chance si l'on veut, dont il demeurait responsable. C'était lui qui avait mis tant de choses dans cette auberge, c'était à lui de les y trouver. Elle les lui devait de longue date. Il n'avait pas eu jusqu'au bout la force de les lui demander. Jamais rien ne nous vient comme nous l'attendions, mais tout nous vient de ce que nous attendons « vraiment ». Toutes les fois que nous n'allons pas au bout de nous-mêmes, un système de compensations crée du malheur autour de nous.

Je ne sais pas si je répète bien ce que m'expliqua ainsi Frédéric par la suite. Mais quand je retourne ses phrases, il me semble, à travers les arguments logiques, discerner, comme on voit un sou au fond d'un puits, cette idée folle qu'on peut forcer le miracle à force de le désirer. Qu'on arrive à forcer le miracle à condition de le payer assez cher; que le destin peut nous ouvrir toutes les portes au prix d'un péage sanglant.

Quoi qu'il en fût, le caporal Crégut était couché dans la fougère. Ange et Briffoul, debout, le regardaient. Et le grand soldat roux – je crois qu'il s'appelait Vergnaud – avait mis un genou par terre et se penchait profondément sur le caporal, en s'appuyant des deux mains sur son arme. Je fus surpris, touchant le canon par hasard, de sentir qu'il était tout chaud.

Nous regardions la vallée violette et les ombres qui s'avançaient. Un château entouré d'herbage et d'eau vive; une ville poussait au loin, blanche et fine comme une fumée, longue, à peine indiquée sur le bleu pâle du ciel. C'était peut-être Saugues-les-Bois. L'auberge disparut derrière les sapins. Nous la vîmes encore une fois, deux fois, trois fois, puis plus du tout. On nous avait tout de suite éloignés de Crégut en nous disant qu'il guérirait. On nous avait confiés au sergent. L'escouade de Crégut n'était plus avec nous. Nous avions encore eu le temps de voir le bas de son pantalon rouge, ses houseaux et ses godillots qui dépassaient la haute pierre derrière laquelle il était étendu. Un lieutenant était resté là-bas. Il y avait eu des commandements, des cliquetis de baïonnettes. Tous les hommes faisaient silence. On n'avait plus rien entendu.

Nos pieds étaient en sang, mais nous n'en disions rien. Nous avancions en boitillant. On avait froid sur les épaules à cause du crépuscule et de l'ombre des sapins. On nous fit boire dans un quart sombre un peu de vin qui nous chavira le cœur. Nous n'attendions plus rien que de marcher toujours sous ce tunnel de branches noires. A un certain moment pourtant, il y eut un rond bleu devant nous. Le chemin finissait sur ce hublot d'azur. Il nous semblait que nous marchions dans une lunette marine qui eût été braquée sur le ciel. Le rond grandit et tout à coup l'allée finit; ce fut une route de rocs, avec des croûtes de neige, encore, dans certains trous, des cailloux noirs, et par endroits des herbes rases. Sur un tertre couvert d'un gazon pelé, un berger paissait ses moutons en limousine brune et grise. Et soudain, tout au bout, le pays que nous vîmes nous assaillit d'une sorte de silence tant il était désert et vaste et froid et nu sous les étoiles. Ce n'était plus ces monts de bure et de fumée que nous avions vus l'après-midi... On aurait dit un morceau de lune et on sentait sa fraîcheur comme une eau. L'air produisait une impression d'éther. Le vert de l'herbe était étrange. Il en montait un froid mouillé. La petite lumière de l'auberge ressemblait à une goutte d'or au bout d'un monde inaccessible. Jamais encore elle n'avait paru si loin. Aussi loin qu'entre deux étoiles ces kilomètres de silence qui vous oppressent et qui vous font tourner la tête. Nous étions arrivés au col et je croyais voir l'envers du monde.

Nous n'avions pas fait trois cents mètres qu'elle était là, couleur de montagne et de troupeau. Elle avait un grenier en bois, mais ses portes et ses volets du bleu que les charrons emploient pour peindre les brouettes. L'enseigne était là, à demi effacée, avec un N dont la barre transversale avait été dessinée à l'envers. Je ne me rappelle plus le nom qui était écrit sur l'enseigne mais je crois que c'était Fournet : « Fournet, débit, casse-croûte à toute heure ». Il y avait au premier étage une affiche de la machine Singer : une couturière debout qui jouait de la trompette. Une porte s'ouvrait sur une salle de café dont le plancher était en bois blanc et les tables en merisier. Des gens partaient, qui revenaient de quelque fête, avec des vieilles à bonnet tuyauté, ornées de grands châles de couleur, et des hommes vêtus de noir, raides et graves, un peu solennels, dans des carrioles attelées de vieux chevaux. Il ne faisait pas tout à fait nuit mais ils avaient déjà allumé leurs lanternes et on voyait s'enfoncer les derniers dans un bois de mélèzes où entrait une route blanche. (Il y avait au grenier, chez nous, un livre de prix à tranche d'or sur lequel on voyait une image semblable qui m'avait fait rêver longtemps.)

Après avoir bu et mangé nous tombâmes endormis sur le coin de la table, abrutis par notre fatigue et les excitations du jour.

Je m'éveillai dans un lit de bois ciré, couvert d'un couvre-pieds piqué de couleur rouge. A la lueur d'une bougie qu'on n'avait pas encore éteinte (on devait nous avoir couchés depuis peu de temps), je vis une commode en noyer sur laquelle se dressait un litre en verre blanc qui contenait un crucifix et les instruments de la Passion, entre deux vases de faïence peints de fleurs et garnis d'immortelles rêches comme des chardons secs. Les murs étaient blanchis à la chaux. La bougie était posée sur le rebord d'une fenêtre si profonde qu'elle me cachait presque toute la surface de ses vitres et, contre le mur de cette niche, qui était le seul endroit vraiment clair de la chambre, on voyait un calendrier.

Il représentait une dame brune. Elle obéissait languissamment à ces lois d'un art inflexible qui a de tout temps courbé sous son joug despotique les dames brunes des calendriers. Elle penchait un peu la tête d'un air rêveur. Elle portait un reflet de feu sur la figure. Son cou nu se détachait sur un châle de tzigane qui cachait en partie un petit boléro noir. Elle avait mis une rose rouge dans ses cheveux et elle tenait, au bout de ses longs doigts, entre l'index et le majeur, une cigarette bleutée dont les détails avaient l'air d'être photographiques : l'endroit collé ressemblait à une couture et on discernait, dans la cendre, des parties rouges, des parties bleues, des parties grises. A gauche, le mot JOB s'inscrivait en lettres de feu, avec son O en forme de losange.

— Regarde, regarde, me soufflait Frédéric.

Il m'avait réveillé pour me la faire voir. Ses yeux brillaient d'excitation.

Elle était là, derrière cette bougie, comme une sainte dans une chapelle. A chaque sursaut de la flamme qui allait s'éteindre on aurait dit qu'elle bougeait la tête et qu'elle allait sortir du mur. Cette danse légère avait quelque chose de fascinant. Elle souriait avec mystère. Elle avait l'air de connaître un secret.

C'était un spectacle incroyable et Frédéric me le montrait du doigt, un index posé sur ses lèvres, d'un air mystérieux et ravi.

– C'est la dame de Robert, dit Fred avec extase. Elle a bougé.

Elle faisait songer à une reine, à Venise et au carnaval.

Il nous semblait que nous entrions en possession d'un grand secret.

– Et le caporal? demandai-je.
– Il guérira, m'assura Frédéric.

Un bruit de pas nous réveilla encore, beaucoup plus tard; il faisait froid. La lumière s'était éteinte. Par la fenêtre on distinguait un haut mélèze qui profilait ses dents de scie sur le ciel sombre. Une étoile blanche luisait tout près. Deux raies d'or perpendiculaires bordaient deux côtés d'une porte qui fermait la chambre voisine. Je ne compris pas que c'était de la lumière. Mais ensuite il y eut de nouveau le raclement d'un gros soulier et cette fois je sus que dans la pièce voisine il y avait une lampe et des gens qui bougeaient.

Je réveillai Fred et nous allâmes regarder par la serrure, car nous avions peur de ces bruits qui avaient l'air de se craindre eux-mêmes et de cette lampe insolite. Nous vîmes d'abord sur la droite une bougie posée sur une table ronde dans un grand chandelier de cuivre. Le tapis de la table était vert et brodé en relief de fleurs de toutes couleurs, chacune dans un carré rouge; de ces grosses fleurs qu'on brode sur des étoiles de fer et qu'on ouvre en coupant la laine. C'était ce qu'on voyait le mieux. Plus loin, dans le fond, sur un lit, un soldat était étendu tout habillé avec ses petits houseaux et ses gros godillots; autour de lui, comme de grandes ombres, trois soldats se tenaient debout, un peu penchés. On voyait luire le galon du plus petit et sa moustache dorée dépassait un peu d'un côté de sa tête noire. Il y avait aussi un berger avec sa longue limousine. Les autres nous tournaient le dos mais le berger était de profil comme un Assyrien de bas-relief et ce groupe faisait penser à cette Adoration des Mages qu'on pouvait voir sur les bons points des catéchismes.

A un mouvement de la bougie nous avions reconnu le caporal Crégut.

Crégut avait les yeux fermés. Il était blanc comme une touche de piano. Nous n'avions jamais vu de mort, mais Frédéric comprit tout de suite.

– Il est mort, me fit-il dans un souffle.

Nous rentrâmes dans nos lits et nous pleurâmes long-temps, en essayant de ne pas nous faire entendre, avec une sensation d'horreur et de désespoir.

En même temps, je ne pouvais m'empêcher de songer à ces godillots à gros clous posés sur le couvre-pieds de dentelle. Qu'aurait dit madame Lamourette?

Mais il était dit que le Champ de Tir était une zone incroyable et que Crégut, jusqu'au-delà de la mort, pouvait faire sa loi lui-même.

Quand nous descendîmes le matin, les soldats buvaient du café. D'autres achetaient du tabac à une jeune fille mal peignée qui les regardait avec de beaux yeux bleus derrière une cage grillagée. Un thermomètre sur carton rouge portait le nom d'une liqueur en lettres d'or. Un fourneau de cuisine ronflait sous l'auvent d'une grande cheminée et les bûches à tranche jaune faisaient une flamme rose dans le foyer.

La fenêtre était blanche de brouillard. C'était à peine si le mélèze qu'on apercevait de la chambre, portant une étoile toute blanche dans les dents de scie de son profil, parvenait à se faire voir. Je m'avançai jusqu'au seuil usé de la porte bleue. La brume baignait des maisons de bois, des routes noires, des affiches de couleur mouillées. Des soldats qui passaient en hâte avaient des silhouettes imprécises de fantômes. Rien ne prouvait l'existence de ces hommes, sauf quelque geste cotonneux qui dessinait parfois une ombre. La vie était restée en bas, avec ses accessoires de couleur, ses quilles bleues et rouges, ses belotes, ses polkas, ses fleurs, ses fraises, ses papillons. La plaine est un pays frivole. Ici c'était un pays hors du temps qui transsubstantiait la matière, le pays des hommes morts et des images qui bougent.

Au fond de nos têtes, comme en haut du Champ de Tir, la Dame du Job dansait légèrement et sa fumée avait embué l'univers; le cadavre du caporal pesait sur nos cœurs comme un marbre.

– Il est mort? demanda timidement Frédéric à un lieutenant qui enfilait sa capote tout en allant on ne savait où.

– Mais non, mon petit, mais non, dit le lieutenant gentiment.

Mais nous savions qu'il était mort.

A travers la grille du foyer, le cœur rouge du feu s'entourait maintenant d'un grand halo orange et jaune; mais, sorti de ce grand halo, où allait-on? Un homme quitte la salle; dès le seuil il devient confus et trois pas plus loin il se perd, bu par le brouillard comme une tache d'encre dans un buvard. Le clairon qui déchire l'air réunit un troupeau de fantômes. Ange n'y était pas.

Le lendemain, nous reprenions la vie des plaines.

Ce fut ainsi que le destin nous accorda, dans un pays de soldats et de bergers qui n'était qu'une fumée grise à l'horizon, un Chanaan qui tuait les hommes et faisait danser les images, une Terre promise avec une reine en papier.

Il devait rester à Frédéric, de cette enfance de somnambule, l'idée d'un paradis gardé par le vertige où l'on ne pénètre que par le sacrifice humain.

II

LE CHAMP DE TIR

Lamourette leva les yeux. Il vit sur le ciel d'un bleu cru un petit faune de terre cuite. Et cette image aux couleurs implacables faisait songer à je ne sais quel mois d'août, à des cousines dans un parc, aux grandes vacances.

Elle avait l'air tout frais sortie d'une époque ensevelie au fond du cœur comme une aurore dans un étang, et du journal qui ensoleillait l'ombre glacée du grand salon aux persiennes fermées, autrefois, sous les chaises à housses, dans le bosquet d'or des pieds de fauteuils.

Une giclée de balles s'aplatit sur le mur de la petite gare. C'était comme ça depuis le matin. Lamourette commençait à croire que cette histoire ne le concernait plus.

Il se rappelait le grand tapis vert au contact savonneux. Quand on s'appuyait dessus, ça faisait des rides blanches comme le vent dans les blés; suivant l'angle de la lumière on le voyait noir ou brillant. Et quand il était noir, il avait l'air d'une eau, d'une eau de pièce d'eau, d'une vasque de château. Si calme, si profonde.

Une autre giclée cassa des vitres, bruyamment.

Ils nous visent, pensa le sergent Lamourette. Mais ils ne tiennent pas compte de la distance. C'est bon. Ils sont moins instruits que nous.

C'est ce qu'il faut se dire. Une plaque d'émail, suivant les vitres, hésita un instant, se détacha et tomba à son tour sur l'asphalte avec un bruit de casserole dans une cuisine dallée.

Pile ou face? pensa Lamourette.

C'était face : on voyait des lettres. Il y avait quelque chose écrit en blanc sur un fond bleu, mais on ne savait pas quoi parce qu'il en manquait trop. Un V et un M, écaillés par les balles, laissaient voir une plaie noire pailletée de violet et feuilletée comme une tranche d'ardoise.

On ne voyait rien devant soi que le petit faune ocre rouge, que ce tas de fumier qu'il avait choisi comme rempart, le rideau de fusains, sur la droite les roses grimpantes et les aucubas aux feuilles plates, cirées comme un linoléum et tachetées de blanc comme si un plâtrier les avait aspergées de lait de chaux. Devant, il n'y avait que la route, aveuglante, et le parapet de pierre du petit pont, couleur de croûte de fromage, qui l'entourait, à cent mètres de là.

Le petit faune, sur l'émail du ciel, prenait une valeur obsédante. Il levait un de ses pieds de chèvre et jouait de la flûte avec un air d'ivresse, la tête renversée vers le ciel, plus net qu'un profil de médaille. Lamourette revit le satyre des versions grecques, et le satyre encore plus lointain que racontait le journal d'une petite garnison, dans la montagne – ... son chapeau de feutre rond, sa tête sournoise rongée de points noirs par une héliogravure grossière, son foulard blanc sur sa blouse de lustrine..., et Ange qui frisait sa moustache derrière le carreau de la cuisine avec ses doigts cosmétiqués par l'eau de vaisselle. Décidément, c'était le pays de la Dame du Job.

Les cornes de bélier du faune s'entouraient autour des oreilles suivant une courbe précise qui rappelait la vis d'Archimède. Frédéric retrouva dans leurs cannelures et leurs gaufrures minutieuses le souvenir du mouflon corse qui ornait le triste Jardin des Plantes dans la ville de province où on l'avait mobilisé. Soudain tout s'arrêta : il n'y eut plus de roses, plus d'hommes, plus de tas de fumier, plus de gare, plus de guerre, plus de fusil mitrailleur. La Dame du Job venait de s'asseoir sur le pont. Il n'y eut plus que le petit pont de bois sur le ruisseau du Jardin des Plantes dans la ville qui l'appelait. Il n'y eut plus que cette allée torride entre les arbres aux feuilles noires, et l'ombre d'une branche sur le sol blanc qui bougeait à peine à midi. Pas un homme, pas une bonne d'enfant, pas une étudiante, pas un garde. Des chaises de fer étaient empilées par douzaines dans la cabane polynésienne où le cygne fuyait la chaleur; et il sembla à Lamourette que le zinc du pluviomètre lui brûlait la main (mais ce n'était que le canon d'un fusil, celui de Marconi qui était à côté de lui et qu'il serrait sans s'en rendre compte). Le kiosque à musique était vide. Une femme, qui avait dû faire à pied des kilomètres, mangeait des œufs durs sur un banc avec des sanglots qui l'étouffaient. Tout semblait prêt pour une fête que venait d'être décommandée.

Des balles sifflèrent. Des choses craquèrent. Des spectacles naquirent soudain dans l'air torride, gondolés par l'ondulation de l'atmosphère surchauffée. Des doigts de peluche caressèrent le cou de Lamourette. Il sursauta et devint pâle. Figuret tombait en avant sur la culasse de la mitrailleuse. On entendit le cliquetis de son casque. Il neigeait des grappes de lilas; Lamourette porta la main à sa nuque pour attraper ces doigts de vampire qui lui passaient sur le cou la fleur de leur peau veloutée et faire cesser cette caresse répugnante : c'était une grappe de lilas. Les balles avaient cassé les branches, les derniers lilas pleuvaient.

Il se pencha sur Figuret :

— Ça ne va pas, mon vieux?

— Si, si, dit Figuret, avec une horrible grimace.

Il remontait le coin de sa bouche jusqu'à l'oreille.

— Va te faire panser. Marconi t'accompagnera.

— Je peux y aller seul, dit Figuret.

— Alors, va vite. Traverse la voie derrière la gare... et fais porter ce papier au capitaine pour demander un tir de montre sur le patelin... Quand tu auras dépassé la gare, planque-toi derrière le ballast.

Disait-on toujours « se planquer »? Il n'avait pas remarqué. C'était l'argot de 18 qui lui revenait naturellement aux lèvres, le même qui avait cours encore pendant la campagne de Syrie. D'autres s'étonnaient d'être là, sans le sou, sans travail, sans enfants et sans femme (c'était moins dur pour les clochards). Il sentait, lui, que la vie redevenait logique. Au moment, en 18, où il allaient partir – on ne les avait formés que pour ça –, où on les lançait dans la guerre, elle était partie à reculons. (Il ne l'avait rattrapée qu'en Asie.) Ils s'étaient retrouvés dans le préau du collège, avec leurs blouses noires et leurs mains inutiles, étonnés comme des voyageurs réunis dans la salle d'attente auxquels on vient apprendre que le train ne partira pas.

Cette fois le train était parti. C'était celui de 18 avec vingt ans de retard. Et la Dame du Job prenait des droits immenses, mais n'était-elle pas née dans la zone du Champ de Tir? La Dame du Job était une vivandière.

– Tischmacher, remplace donc Crégut.

Mais Tischmacher avait déjà pris place.

– Crégut? dit-il, l'air étonné.

– Non, Figuret, tu as bien compris.

Il avait dit Crégut! Sa bouche se souvenait mieux que sa tête. Oui, c'était la mort de Crégut qui se répétait dans cette gare. Il comprenait maintenant d'où lui venait ce ciel bleu qui faisait écho dans son souvenir à celui d'ici, autour du faune en terre cuite : C'était celui du mois de septembre autour de l'auberge du Champ de Tir.

Tischmacher, assis sur le trépied, avec sa grande barbe châtain, ses yeux bleus, ses sourcils dorés, sa tête de piégeur de blaireaux, restait fidèle à sa silhouette inattendue. Un gros rosaire sortait de sa poche. On le voyait toujours comme ça, mais quand il n'avait rien à faire il égrenait le gros rosaire. Car il était moine dans le civil. Si calme, si tranquille, si muet que c'était lui qui avait été chargé d'aller voler « la vache du capitaine », incompréhensible butin que traînait derrière elle une compagnie de biffins, et qui devait revenir par ordre hiérarchique aux cuisines de la Coloniale, du moins dans l'opinion de celle-ci. Il s'était acquitté de sa tâche avec un sérieux solennel. On l'avait vu revenir le soir, comme sur un bas-relief assyrien, égrenant son rosaire derrière un bestiau lent, majestueux et étonné, et on lui avait fait un cortège. On avait couronné la vache avec les roses du chef de gare, on l'avait honorée comme le bœuf Apis.

Tischmacher relayait Figuret. Et Figuret relayait Crégut.

Qu'est-ce que ça voulait dire?

Et cette route de dimanche?...

Une angoisse prit Lamourette. Il n'eût pu dire si c'était l'extase ou la terreur. C'était toujours comme ça quand Crégut revenait; il annonçait le portrait de la Dame; c'était son page; quand la Dame montait à sa tour il fallait bien que son page fût là. Crégut était revenu plusieurs fois dans les rêves de Lamourette. La veille de la première communion, la veille du baccalauréat, la veille de la prise d'Aïn-Tab, la veille de sa médaille militaire. Sous quelle forme, cette fois, allait revenir la Dame? La Dame qui fume sa cigarette à côté de la chambre des morts, la Dame qui danse au-dessus du monde dans la zone mortelle du Champ de Tir. Ce n'était pas encore elle, mais c'était déjà Crégut qui était revenu dans l'accident de Figuret. Cette chute... mou comme une manche de veste. Comment allait-elle revenir? Elle devait être tout près de là... Si despotique, si frivole, si lointaine, si angoissante, si agaçante. On la cherchait sur cette route dont l'apparence inoffensive avait l'air d'un déguisement. Elle devait se cacher quelque part comme autrefois dans l'auberge du Champ de Tir. Il fallait peut-être la chercher dans les branches d'arbre ou les contours du paysage, comme sur ces dessins d'enfants : « Trouvez la bergère »... Cette fois elle serait peut-être tout en noir...

Il lui semblait qu'il connaissait un peu ce pays. Où était-on? Il ouvrait sur le sol une carte d'état-major, la seule qu'il eût, rien n'empêchait que ce fût la bonne; elle était noire de montagnes imprimées comme des empreintes digitales. Ici aussi, sur l'est, il y avait des montagnes, mais les détails ne concordaient pas tous. D'ailleurs il lisait mal les noms, car ses yeux étaient fatigués et ce qui le frappait le plus, parmi ces vermicelles et ces toiles d'araignée, c'étaient des groupements arbitraires de lignes, de ruisseaux, de villages, de thalwegs qui proposaient l'image de la bergère, et cette fois ce serait peut-être la Mort; la carte était d'un noir funèbre. La Mort? il l'avait déjà vue : cela se passe dans un village; il y a une petite boutique avec un cintre surbaissé; on descend par deux marches sur le trottoir de la devanture et tout au fond de la salle, dans le vitrage obscur, on aperçoit un vieil homme en jaquette qui porte un mètre dans la main et regarde tomber la neige. Peut-être, si on regardait bien, par le trou de la serrure de la porte de gauche d'où l'on voit filtrer une lumière, on verrait une table avec un tapis vert et ces grosses fleurs de laine qu'on fait dans les villages avec une étoile de fer et, sur un grand lit d'acajou, sur un couvre-pieds au crochet, bleu et rouge dans son uniforme, pareil à un soldat de Polin, la face couleur de bougie, le caporal Crégut posé comme les fruits du mois d'août sur les feuilles de la vigne; il avait fallu des années pour lui fabriquer cette image : c'était pourtant déjà celle qu'il avait vue devant Aïn-Tab, le soir de sa blessure, dans ces instants emplis de songe et de fumée qui embuent le seuil du trépas. Elle n'était jamais revenue. Il regretta. Il aurait aimé la garder sur un dessin qui lui en aurait conservé le détail, surtout le vieil homme qui attendait à la fenêtre, parce que chacun de ces détails le tourmentait comme la clef d'un domaine aux serrures difficiles.

Une espèce de chant solennel, lent et lointain, montait autour de la maison, du fond de son rêve, ou de la route perpendiculaire à celle qui passait sur le pont. En même temps, sur cette route, peu avant les maisons du bourg, il aperçut un nuage de poussière. Dans ce nuage, certainement, il y avait des soldats. C'était encore de Crégut que venait le renseignement.

Depuis que Crégut était revenu il éprouvait une douleur dans la nuque. Crégut n'était jamais revenu que la nuit, à pas de loup, dans les ténèbres. Cette fois c'était en plein jour. Lamourette se sentit pris de peur; ses dents étaient près de claquer. Il se leva pour décrocher plus facilement son bidon, et, la tête renversée, il but. Il but longtemps. La première gorgée passa mal; ensuite le vin tiède dégagea son arôme. Il but encore pour faire bonne mesure mais ça n'avait plus de goût, ça devenait écœurant; il suait. La chaleur était insupportable.

– Tiens, Tischmacher.

Tischmacher prit le bidon et en vida une gorgée par politesse. Tischmacher ne buvait jamais. Il passa le bidon à Marconi. Marconi couché à plat ventre se leva pour boire à plein cou, avec plus de cérémonie.

– Couche-toi, idiot, dit Lamourette. Fais vite.
– Et toi alors? dit Marconi vexé.
– Moi? Moi?..., dit Lamourette.

Au fait, Marconi avait raison!

– Moi, ce n'est pas pareil, dit-il.

Les autres prirent ça pour du courage : une espèce de mot historique. Tant mieux! Comme ça ils ne remarqueraient pas sa peur. Il ne pouvait pas leur dire qu'il attendait quelqu'un, qu'il cherchait une bergère dans les branches d'un pommier et qu'un caporal mort depuis plus de vingt ans lui montrait au fond d'un village, dans une montagne criminelle dont il venait de voir les empreintes digitales, une boutique vide où un vieil homme, un mètre en main, attendait, comme lui, la mort ou quelque fête qui paraissait déjà ne plus vouloir venir. ...Attendait qui? ...attendait qui? ...attendait qui? ...le nom, l'image le fuyaient. C'était atroce...

– Sergent, sergent, appelait quelqu'un.

Mais il n'entendait pas la voix de Marconi.

Il fallait se dépêcher. Ces Boches seraient là bientôt; dans une seconde... il allait falloir commander, combattre, décider, agir. Attendait qui? ...Attendait. Attendait (il entendit siffler une balle)... Attendait. Attendait Marie!

C'était ça, c'était bien Marie. Marie! Marie! Ne lui avait-elle pas dit qu'elle serait là le 20 juin? Qu'elle serait toujours là le 20 juin? N'était-ce pas écrit sur l'enveloppe : Je vous attendrai toujours le 20 juin? Il revoyait encore, dans la neige du village, le petit roi Salomon lui-même en tablier de cuisine, avec sa couronne d'or et sa barbe d'étoupe, et son sceptre de buis et sa jambe qui boitait : Je vous attendrai toujours le 20 juin... Marie! Marie! fais vite! Au rendez-vous que tu m'as donné ce sont d'autres qui sont venus. Nous sommes sept dans le jardin d'une gare et ils sont déjà sur le pont.

Lamourette se jeta à terre.

– La hausse à cent mètres, dit-il. Rectifiez. Attendez les ordres. Ne tirez pas avant mon commandement.

– Tu y as mis le temps, dit Marconi. Depuis qu'on t'appelle.

– Ta g..., répondit Lamourette.

On s'était attendu à tout depuis le matin. A de gros chars qui vous passeraient dessus, vous laissant au milieu de la route plats comme des pantalons repassés. A des escarmouches, que sais-je? A ce qui s'était déjà passé. Mais pas à ça. (D'ailleurs maintenant on ne s'attendait plus à rien.) Ils arrivaient en bras de chemise et ils chantaient. C'était des chants qui venaient de très loin, du fond d'un rêve d'enfant, du fond des nuits allemandes, d'un Moyen Age tout compliqué de lettres gothiques pareilles à des hallebardes, et du plateau de la Dame du Job.

Ils devaient s'être trompés de route car une troupe aussi importante aurait été normalement précédée par des éclaireurs.

Les chants enflaient et les silhouettes grossissaient à mesure. Ils avançaient par trois, couleur de la poussière et de l'avoine verte, couleur d'écorce de platane, couleur des insectes des champs. Ils grossissaient comme un express qui arrive de face au cinéma. Avec des casques lourds et des armes pesantes, durs comme un mur, lourds comme un train blindé, tranquilles, menaçants et jeunes. Ils étaient si près maintenant qu'on distinguait leurs particularités. Il y en avait un grand, tout maigre, qui avait des joues affreusement creuses, une tête de mort, des bras de faucheux, une silhouette de clergyman (c'était le seul qui ressemblât aux caricatures de l'autre guerre, le seul souvenir de 18). Et solennels, en dépit de leurs bras nus, avec leur bouche en O, en ce moment, sur une voyelle de cette espèce de psaume, comme des chantres de village. Mais ces promeneurs qui chantaient, quoiqu'on ne vît pas le lien qui nouait les deux choses, c'était la Mort qui arrivait.

– Feu! commanda le sergent Lamourette.

La salve crépita. On vit tournoyer quelques hommes qui tombèrent la face à terre en se retournant comme des guignols.

– Feu à volonté!

Il commandait comme au Champ de Tir.

La fumée cachait tout. Il attendait qu'elle se dissipât pour revoir ces O noirs, cette fresque de chantres qui sentait le village et le soir de moisson et qui promenait dans ses chansons, dans ses couleurs et dans ses ombres on ne savait quel clair de lune. Qu'était devenu le grand maigre?

La riposte ne tarda pas. Les balles miaulaient, ricochaient sur les rails. Des grappes de lilas pleuvaient sur le dos des hommes dans une odeur de tir forain. (On attendait un second goût d'acétylène comme dans les baraques de foire.)

Le petit faune vola en éclats.

– Cessez le feu! commanda Lamourette.

Quand la fumée se dissipa, il n'y avait plus rien sur la route que des hommes boulés comme des lièvres ou étalés comme des croix. Où était le grand maigre? Il pensa à leurs mères, à des églises de village dans les blés, à des enterrements en juillet sur une route bordée de coquelicots avec de vieux hommes vêtus de noir et de vieilles femmes aux yeux de faïence, à des *Dies iræ* sous des voûtes au lait de chaux, à des petites blondes qui sanglotent dans des bicoques de hameaux pareilles à celles des contes de Grimm.

Ce n'était pas le moment de songer à ces choses. Il ne fallait surtout pas que l'idée en vînt aux hommes :

– Vous les avez vus, ces nha-qués? demanda-t-il avec toute sa mauvaise foi.

Mais les soldats n'avaient pas besoin d'encouragement. Ceux qui recevaient le baptême du feu, voyant que toutes les balles ne tuaient pas et constatant qu'ils avaient tenu, avaient pris confiance en eux-mêmes. Ils n'étaient que sept et leur consigne était d'arrêter tout ce qui voudrait passer le pont. Marconi tendit son bidon et le vin rouge fit une tournée. Tischmacher, à la mitrailleuse, avait sorti de sa poche un livre à tranche rouge. Où étaient passés les Allemands? Lamourette se méfiait de leur silence. Il se leva et regarda. Il ne vit rien. Ils avaient dû repartir en passant sous le pont, les pieds dans l'eau, et reprendre la route de l'autre côté de la rivière, derrière les maisons du village, après avoir constaté leur erreur. Mais sûrement il en viendrait d'autres et ce soir on ne serait plus là. La Mort les faisait attendre là, depuis le matin, comme un ministre ou comme un homme qui laisse longtemps son visiteur dans l'antichambre pour le désarmer complètement.

Il n'y avait rien à dire aux hommes et rien à faire. Il n'y avait que cette journée d'été pareille à une fête sans acteurs, que cette campagne muette. Et cette plaque d'émail, sur l'asphalte, avec son V et son M écaillés.

Le petit faune était tombé, les lilas étaient déplumés. Le tas de fumier était jonché de grappes mauves et blanches. Il ramassa le pied nu du petit faune et le considéra un instant avant de le mettre dans sa poche.

– Ça fera peut-être un souvenir... Marie, Marie, tu t'es trompée. Ton rendez-vous n'était qu'un guet-apens.

Où pouvait-elle être maintenant? Dans quelle rue de province ennuyée avec les commerçants repliés dans leurs boutiques et les mandarines qui se dessèchent à la devanture du petit épicier, et la belle caissière qui bâille au fond du magasin de chaussures, et le grand homme de bronze en redingote qui croise les bras sur le ciel aveuglant? Il revit une pâtisserie blanche dans une rue presque sans trottoirs dont les petits cailloux lui faisaient mal aux pieds. C'était pour tout ça qu'on se battait. On avait sauvé les nougats, l'homme de bronze et les trois mandarines. Et cette idée l'amusait nerveusement. Elle le soûlait. Elle s'ajoutait au vin, à l'odeur de la poudre, à l'excès du soleil qui vous cuisait la tête dans le casque et faisait briller le long des rails une espèce de galon de mercure.

Peut-être ce soir seraient-ils tous de l'autre côté? Ce serait peut-être fait comme Saugues-les-Bois? Mais l'indice de réfraction de la lumière ne serait pas tout à fait le même; la pâtisserie vendrait à des gens translucides des pains d'épice extra-terrestres, la fille du notaire jouerait, dans la rue triste où passe un chat tigré de noir, des arpèges surnaturels, et l'ennui lui-même des vieilles places autour des félibres de bronze aurait quelque chose de glorifié. Comment serait-il reçu là-haut? Très simplement. Dieu l'attendrait sur le pas de sa porte. Il voyait d'ici la maison. On y entrait comme au collège, par un petit escalier et une porte voûtée. Le concierge sonnait la cloche dans un vieux marronnier couvert de grappes roses. Des enfants jouaient dans la cour. Sur les marches du jardin, des anges distribuaient en silence des brochures enveloppées de papier mousseline qui devaient contenir tout le règlement. Par une fenêtre du vestiaire, on remarquait le Principal, avec sa barbe et sa jaquette, qui essayait devant une glace des auréoles de carton matriculées.

Un crépuscule amer, frivole, un peu fiévreux, baignait tout ça d'une ombre translucide. La vieille tour plongeait sa base ravinée dans des buissons de digitales et de ronces. Une casquette à palmes d'or traînait sur le mur de la cour et les carcasses de trois lanternes vénitiennes pendaient dans le vieux marronnier. Une grosse lune toute pâle se levait derrière le prunier. Dieu habitait une petite maison arabe peinte au lait de chaux au fond du potager. Il s'y tenait tranquillement assis sur un tapis, les jambes croisées, vêtu d'une galabieh blanche et coiffé d'un tarbouche. Des hirondelles vissaient leur vol, comme une corde autour d'une toupie, autour de la tour, dans un ciel vert, avec des cris aigus. On distinguait, au fond d'une salle de classe, l'ombre de l'élève Lamourette Frédéric, de mathématiques élémentaires, mort de trois jours et la face verte, qui faisait passer des examens à des nouveaux. Des plumes d'ange et des feuilles dorées volaient dans l'air et jonchaient le sol. Une voix criait :

— Dites donc, sergent!

Lamourette sursauta : le vin l'avait grisé, il avait failli s'endormir.

Il s'aperçut qu'il était à plat ventre, la tête posée sur son bras qui s'appuyait sur le fumier. Il prit conscience du sol jonché de lilas et de la petite cloche de la gare avec cette chaîne tendue qui la reliait mystérieusement à on ne savait quels appareils. Il y a dans les gares les plus petites quelque chose de scientifique dont Lamourette était toujours respectueux. C'était ça la cloche de son rêve; les plumes d'ange c'étaient les lilas. Il s'émerveilla de cette cloche, modeste, objective, immuable, qui résistait à tous les cataclysmes, défiait tous les bombardements et resterait sur son pan de mur jusqu'au jour du jugement dernier, avec le dernier chat qui se promènerait sur les ruines sulfureuses du monde.

— Voilà qu'ils reviennent, dit Deschemins.

Lamourette se leva tout entier, s'étira, et regarda au-delà de la rivière. Les choses se répétaient avec une symétrie qui augmentait l'impression de rêve que laissaient les événements sur des hommes fatigués par les marches, par l'insomnie, par la faim. Et par ce vin qui vous endormait après vous avoir mis debout. Lamourette se sentait les nerfs tués; il lui semblait que les os de sa tête étaient poreux; il serrait les mâchoires mais ses dents lui faisaient l'effet d'être en caoutchouc, et, à l'intérieur de sa tête, il y avait quelque chose de lourd qui lui faisait mal, quelque chose de dur et de figé qui frappait les parois du crâne quand on le bougeait, comme un caillou dans un tonneau.

Mais cette fois-ci les autres étaient en tout petit nombre.

Une chanson de 18 lui revint dans la mémoire. Il l'avait entendu chanter par les soldats en permission il y avait déjà vingt-deux ans, et il ne se l'était jamais rappelée depuis. C'était un souvenir du plateau de Tahure. Il revoyait les trois soldats dans une rue noire; il passait sous un réverbère dont le verre était peint en bleu (c'était l'éclairage de guerre), dans une station où on s'arrêtait trop. La chanson parlait de Tahure et d'un plateau sur lequel on ne peut rien discuter. Ces deux vers, sortis d'un contexte dont il avait toujours ignoré tout, lui arrachèrent une larme, alors que rien de sérieux ne défigeait son cerveau. C'était étrange. Il l'essuya rapidement du bout du doigt. La poussière sur sa figure était si épaisse qu'il la sentit en grains sous les doigts puis en boue avec l'eau de la larme, et son ongle ramena du fumier. Il ne s'était pas rendu compte du moment où ce fumier l'avait éclaboussé.

Après ce sanglot, il se sentit extrêmement libre, reposé et heureux, jovial et détendu. Seule la chaleur insupportable le gênait; il ôta sa vareuse et retroussa ses manches. Il se sentait à l'aise à l'intérieur de soi comme dans une chemise confortable; agile et prêt à jouer tel rôle qu'on voudrait. Il mit les mains en entonnoir autour de sa bouche et hurla :

– Bordel de nha-qués!

Puis il se recoucha à son poste.

Il s'était entendu crier, il en resta un peu surpris. Ce n'était pas lui. Ça venait de plus loin. C'était le sergent Percerat qui venait de jurer par sa bouche. Percerat qu'il n'avait plus vu depuis peut-être quinze ans. C'était le juron habituel de Percerat qui était venu se loger de lui-même dans cette après-midi torride et pleine d'étonnements. Car Percerat était toujours pour mépriser les circonstances, d'une façon ostentatoire, avec des termes orduriers. Il y passait sa vie, en paix ou en campagne, à la ville et à la caserne, au feu ou à l'apéritif. Lamourette revit Percerat. Il le revit comme en occupation, dans une grande ville industrielle, assis dans une brasserie avec toutes ses médailles, décisif et majestueux, brandissant d'une main un bretzel et de l'autre un demi qui moussait. Percerat, c'était la Coloniale : dix fois cité, deux fois cassé pour indiscipline et deux fois pour indignité. On venait de le sortir d'un fleuve où il avait failli périr de congestion pour avoir trop fêté l'arme d'élite à laquelle il se glorifiait obscènement d'appartenir. Il insultait ce vil cours d'eau qui avait voulu mettre fin à ses jours, dans un style déclamatoire, lui opposant ses quinze années de marsouille, ses vingt campagnes et les quatorze maladies qu'il avait ramassées dans quatorze climats, des maladies aux noms rares et terribles qui relèvent de la géographie. Et, derrière Percerat, c'était la Coloniale, celle qui avait fait battre à seize ans le cœur de Lamourette, avec ses ivrognes, ses Nègres, ses maquereaux, ses femmes, ses dieux, ses dromadaires et ses drapeaux tout étoilés; et cette gloire qui traînait partout, sur toute la terre, comme un manteau d'impératrice : c'était la marsouille méprisante avec ses ancres et ses binious, et ses doigts qui restaient dorés d'avoir tripoté tant de victoires.

Les Allemands arrivaient sur le pont.

— Feu! commanda Lamourette une fois de plus.

Il avait jeté son commandement comme sur une scène de théâtre, dans une pièce, pour étonner trois cents personnes.

L'esprit patriotique de Percerat l'avait pris tout entier! Il déclamait! Il fut gêné d'être si docile à ces revenants qui s'emparaient de sa personnalité pour la tordre comme un chiffon, la tailler à leur fantaisie.

— Par ici la sortie, gouailla Deschemins qui « n'était pas de Paname mais qui y avait bossé ».

Et Deschemins qui faisait le titi de Paris! A eux deux ils auraient donné une belle couverture pour un roman de Montéhus.

D'ailleurs tout ça importait peu. Qu'importe d'où viennent les consignes! L'essentiel est de les tenir. Crânant, suant, tremblant, fièrement ou humblement, il fallait faire ce qu'il y avait à faire. Il restait pourtant tracassé par cette étrange manivelle qui ne cessait pas de filmer des choses dans son cerveau. Ce fonctionnement inarrêtable, cette dépense épuisante et affreusement stérile, c'était le travail de la Dame du Job. Que lui resterait-il de tout ça? Comment le saisir, comment le fixer? Il y avait cent tableaux à tirer de ces visions qui se dessinaient à mi-chemin entre les choses et le temps, si précises, si près de terre, si liées au sol du pays, mais qui gonflaient comme le pain sous l'influence d'un levain qui venait de l'auberge lointaine. Il y avait cette cloche solitaire. Il y avait les lilas qui jonchaient les soldats. Il y avait cette angoisse des campagnes muettes pareilles à un salon qui attend un visiteur, un piano qui attend un accord (il revoyait si bien le salon, si bien le piano). Il y avait tout. La Dame du Job était venue.

Elle se tient comme une lampe au milieu d'un feuillage et ce qu'elle éclaire vous met en transes. Tout s'arrête quand elle est là. Il n'y a plus que ses jeux d'ombres et de lumières, ses attractions foraines, son cinéma muet, ses pièges, ses artifices, son grand jeu plein de secrets et de sollicitations. Il n'y a plus qu'elle et ses prestiges et cette hypnose... Marie, Marie, comment lutterais-tu toi-même contre ce charmeur de serpents? La mort elle-même ne distrait pas de ce piégeur cette victime fascinée qui admire encore et guette, au poteau de torture, les plumes et la danse du Peau-Rouge tatoué.

Le soleil allait se coucher. Les ombres étaient extrêmement longues. Elles traversaient toutes les voies ferrées.

Comme la Dame du Job, la guerre suivait son cours. Tischmacher, comme Figuret, piqua du nez contre le sol.

Lamourette serra les dents et prit le fusil-mitrailleur. Tischmacher était contre lui. Il avait du sang dans la barbe et son visage ressemblait à une tête de cire.

– Un de plus, pensa Lamourette.

La vie, la mort, l'amour, la guerre, tout tournait en Guignol, et en danse du scalp. Celui-là surtout, celui-là... Il ne restait plus de lui que cette enveloppe, cette boîte vide, cette poupée tragique. Il s'était évadé de chez lui, il avait quitté sa maison, il s'était laissé tomber sur le trottoir, abandonnant à qui la voudrait sa vieille gaine comme un mannequin de musée Grévin.

Ses yeux bleus, dans l'ombre du casque, regardaient fixement Lamourette. On aurait dit des fenêtres vides. Et Lamourette, horriblement, dut le pousser car il gênait sa position pour épauler. C'était la première fois que Tischmacher résistait ainsi à un gradé. Il avait sa face de schlitteur avec des poils roux dans la barbe; on attendait autour de sa tête une casquette en fourrure; et son cadavre fit du zèle, car il reçut encore une balle qui aurait été pour le sergent. Lamourette, mêlé au mort, maintenant, ne voyait plus rien. La tête vide, les gestes précis, il n'était plus qu'une mécanique à tuer des hommes. Il sentit un coup de poing dans le haut du bras gauche mais continua à faire les gestes de son métier. Quand le feu s'arrêta, il n'y avait plus de lilas, la campagne était vide, un poteau de bois qui supportait une grande pancarte avait été à moitié sectionné; il pendait de côté et la pancarte oblique ne parvenait pas à donner une note de négligé à la nature dans cet après-midi solennel et torride. Les abeilles ne bourdonnaient plus comme le matin, et le silence, plus grand que jamais, laissait attendre on ne savait quel message. L'arme brûlait les doigts. Le soleil était très bas et plusieurs vitres du village brillaient comme des incendies. On aurait dit des paillettes de clinquant sur une carte postale fantaisie. Des poules s'étaient cachées dans l'ombre d'un fagot; une bicyclette attendait sur la margelle d'un trottoir; une vache dorée parut en haut d'un tertre, attendant le chien et l'enfant qui n'étaient pas venus la chercher. Elle avait l'air d'une statue à la gloire d'on ne savait quoi : des grandes vacances, de la sérénité des champs ou de quelque poète ancien qui avait chanté les laitages. Elle avait l'air d'une vache célèbre, d'une vache de version latine. Elle s'imposait dans la lumière comme les derniers vers d'un sonnet.

La troisième fois que les Allemands vinrent, Lamourette et ses hommes furent purement mécaniques. Ils s'étaient remis à l'échelle de la guerre. Les instruments étaient rodés. Les Allemands n'insistèrent pas. Ils ne devaient pas s'intéresser à cet itinéraire. Ils avaient dû trouver un pont libre plus loin.

Quand ce fut fini, il n'y avait plus de haie, plus d'aucubas, plus de rosiers. Les hommes étaient trempés de purin de haut en bas, du côté face. Leurs mains et leurs visages étaient jaunes de purin. De l'autre côté ils étaient couverts de feuilles et de fleurs. Le sol était semé de branches cassées.

Il restait encore du soleil, mais les ombres étaient si longues qu'on ne les voyait pas jusqu'au bout. La journée était faite et le travail fini. Il n'y avait plus que la cloche solitaire et Tischmacher couché à côté de la plaque, comme un instrument inutile. Tischmacher, le voleur de vache, avec son rosaire à gros grains.

Il était là, pareil à un obstacle, à la place des colis, du diable, des vélos, de l'employé qui aurait dû passer pour le train du soir. La monstruosité d'une telle entorse au règlement des gares faisait mesurer plus que toutes les destructions le caractère extraordinaire des circonstances. Avec le changement d'heure, l'approche de la nuit, la modification des ombres libérées maintenant de partout, des voies, des prés, d'un débris de vitre où se reflétait le soleil, d'une cheminée de brique, de la musette de Marconi, surgissait ce peuple d'or et de ténèbres, de vert, de feu, de rose et de fumée, ce carnaval mélancolique que gouverne la Dame du Job. Il tissait autour du cadavre des rondes d'ombres et de lueurs. Il l'enveloppait, il l'emportait, il se posait sur lui comme des mouches qui ne distinguent pas entre une fleur et un mort, comme autrefois, quand il ornait de ses phosphorescences les exercices de l'école du vertige et le paysage des toits.

Ce cadavre sur un trottoir, avec cette ancre sur le casque et ses yeux bleus qu'on n'avait pas encore fermés (serait-il temps?) – on aurait dit, tant ils étaient fixes et importants dans cette face, ceux du scribe accroupi dans l'Histoire de Mallet –, ce cadavre dans une petite gare, à la place des colis, du diable et de l'employé, c'était pourtant ça qu'on appelait « Mort pour la France » dans les livres d'école. Il semblait alors que ça n'arriverait jamais.

La France? Lamourette revit les images d'un livre de *Morceaux choisis* qui avait servi à sa mère : on y voyait un Alsacien avec sa schlitte, celui qui ressemblait à Tischmacher, l'automne avec ses vendangeurs, ses chasseurs et ses vignes rouges. La France n'est qu'un souvenir d'enfance. Chacun la découpe à son gré.

La France? Il revit le Principal, devant la porte du collège, sous le fronton romain qui évoquait ces « grands Latins » dont il parlait confusément dans le feu de la digestion pour en orner son éloquence et provoquer l'émulation; il le revit avec son melon, sa jaquette, ses galoches et ses lunettes d'or. Il s'élevait sur ce désastre comme un être présidentiel. Un vieux film provincial tournait à toute allure au fond de la tête de Frédéric : La devanture blanche du pâtissier et les hirondelles du mois de juin autour du clocher de Saint-Gilles; les toupies qu'on faisait tourner certains jours de novembre, après le catéchisme, à un carrefour où soufflait un vent aigre et la forge du maréchal qui fait pleuvoir des étincelles dans une odeur de pain brûlé. Le sacristain disait bonjour à la chaisière et le gendarme pansait son cheval. La France c'était ça. C'est le vent noir qui vient du carrefour aux toupies, c'est le Principal sur le pas de sa porte entouré de ses grands Latins, c'est l'hirondelle qui piaule autour de la tour Saint-Gilles. C'était pour ça que Tischmacher était mort, pour ces rumeurs, pour ce bruit de vent au fond d'un coquillage. Lamourette revit les rues tristes où les mandarines s'ennuyaient sur les étalages compliqués des veuves qui n'en finissaient pas de vendre le gruyère et les sardines des morts de 1918, et monsieur Chèvrelat qui tournait autour de la vasque aux canards dans le square municipal, et un rayon qui se posait sur un platane, et les petits tilleuls des allées que le vent secouait comme l'aigrette du chapeau de madame Petitprince, le jeudi, au carrefour des Trois-Manteaux... Il y a le petit bonheur de l'ombre et le petit bonheur du soleil, celui du square et celui des ruelles, celui du tribunal et celui du kiosque à musique, celui de mars et celui d'octobre. On ne les entend pas d'ordinaire. Mais il y a des moments où le silence est si grand, après les salves des mitrailleuses, qu'on est étonné de leur voix. Tischmacher était mort pour ces rumeurs confuses. Il restait là, casqué de fer, timbré d'une ancre. Il ne volerait plus les vaches. Il avait un peu de mousse aux lèvres, du sang qui était crevé de bulles comme un morceau d'éponge en caoutchouc.

Un soldat portait un message. C'était un ordre écrit, signé du capitaine. Il fallait se replier du côté du P.C.

Le bras de Lamourette était lourd comme du plomb. Il le fit panser sommairement. On ne voulut pas laisser traîner là Tischmacher. On lui ferma les yeux, on tira sa capote, on réunit ses mains sur la boucle de son ceinturon. On mit dedans le gros rosaire. Ce fut une idée de Deschemins. On fit une espèce de civière avec des vareuses, deux fusils (c'était anti-réglementaire que deux soldats renoncent sur tout le trajet à leur fusil, mais on fit ça pour Tischmacher), et on revint sur une route de plaine bordée de hauts peupliers gris. C'était l'heure où les charrettes auraient dû revenir, chargées de foin et de silhouettes noires, l'heure des gestes plus lents et des bœufs solennels. Une lune énorme se leva. Elle était rose. Le temps de paix vous revenait dans l'âme avec l'odeur entêtante des prairies. Les hommes étaient noirs de purin et Tischmacher, sur sa civière, restait raide comme un morceau de bois. On aurait dit des personnages de théâtre. On ne savait plus ni où ni quand tout cela se passait. Tout était vide comme une route de dimanche. Le dimanche, à cette heure-là, les lumières se seraient allumées dans les feuillages, derrière les noyers et les gros marronniers dont on ne sait plus à ce moment si les feuilles sont vertes ou noires. Il y aurait eu de belles filles curieuses sur le pas des portes. Et le crépuscule aurait été bercé par le refrain des pianolas.

Il y en avait un, tout verni, avec une « Vue de Venise » et une manivelle nickelée dans la salle de bal où il fallut passer pour porter le pauvre Tischmacher. On le posa comme Crégut sur le couvre-pieds au crochet d'un grand lit d'acajou, dans une chambre d'auberge, mais c'était une chambre moderne avec une armoire à deux glaces et des paysages peints à l'huile sur des tranches de bois « naturel », des souvenirs de ville d'eau. On y voyait Aix-les-Bains devant un lac plus bleu que la Méditerranée, accroché par un ruban rose à un piton. Dans un grand cadre, un artilleur était pendu au-dessus d'un gramophone. Lamourette dut ouvrir le col et la capote de Tischmacher pour prendre les papiers du mort. Le cadavre portait une chemise civile fermée par un bouton de métal qui céda en même temps que les crochets du col de la vareuse. L'empreinte du bouton restait encore dans le cou. Cette humble marque de la vie, dans ce cou blanc qui était déjà celui d'une ombre, avait quelque chose de si navrant que Lamourette resta là un moment, hypnotisé. On confia le corps à des radio-télégraphistes du Génie qui se trouvaient là.

Et Tischmacher passa sa dernière nuit en face de la ville d'Aix-les-Bains accrochée par un ruban rose. Un caillot de sang plat lui mettait sur la joue une espèce de cire rouge. La face du mort partait dans cette nuit provinciale comme une lettre cachetée. Le clair de lune découpait dans la chambre des ombres dures sur des surfaces qui paraissaient blanches comme du sucre. Et les glaces de l'armoire moderne reflétaient, avec des mystères, des frissons d'eau, des pénombres de miel, un apparat de gravure en couleurs sur quelque page glacée de magazine officiel, entre des plis de rideau et des drapés de tentures, ce buste de noyé, cette face cachetée de rouge, cette capote aux plis définitifs.

Il fallut chercher le P.C. à huit kilomètres de là. Il s'était replié. Reculait-on encore? Le bras de Lamourette était pesant comme une maison. La route montait en spirale autour d'une montagne épaisse. On s'engageait dans un massif et l'air frais activait la fièvre comme une carburation de moteur.

La tête de Tischmacher les suivait dans la nuit. La Dame du Job s'était penchée sur cette face; elle avait écrit quelque chose sous cette enveloppe cachetée. Elle promenait cette pauvre tête comme une lanterne sur la route aux endroits où se posaient les yeux. Les étoiles s'étaient levées, la Grande Ourse semblait à portée de la main.

Au troisième virage, ils virent une vallée. Lamourette, qui traînait péniblement ses jambes, heurta une pierre et faillit tomber sur un à-pic. Marconi le retint brutalement. Lamourette sentit dans le bras gauche une douleur si aiguë qu'il dut fermer les yeux. En les rouvrant, au bout de deux secondes, il vit devant lui un abîme, et tout au fond de la vallée, à la lueur d'une fusée-parachute, une ville qui semblait remonter du fond de ses souvenirs d'enfance; elle semblait naître au fond des eaux, s'épanouir dans une nuit sous-marine, comme un corail au fond d'un aquarium dans une pièce sans lumière.

Elle avait deux ponts, une place ronde, une porte avec une tour. On vit la gare. Un train arrivait sur le pont. L'éclairage était si violent qu'on aurait dit une ville de sucre et de charbon. Elle s'éteignit comme un rêve.

La nuit, déchirée par l'éclair, se referma sur elle comme une bouche sur une confidence. Se referma sur elle et ne la livra plus.

Où l'avait-il vue? Dans Jules Verne? Dans *Les Trésors de la Pampa*? C'était peut-être Orkozoum? C'était peut-être Ampasimbé-la-Sablonneuse?... C'est curieux, pensa-t-il. Pourquoi la Sablonneuse?... Dans quel hiver de son enfance, à l'étude du soir, au collège, au moment où les becs de gaz ronflent plus fort avec leurs flammes bleues qui font sursauter sur les murs les contours des continents verts sur les cartes Vidal-Lablache? Ou par quel couchant de grandes vacances, quand la lune montait déjà sur la terrasse, précédant le peuple des chats?

— Saugues-les-Bois! cria-t-il soudain sans le vouloir. Saugues-les-Bois!...

— T'arrête donc pas! dit Marconi, tu vas tomber.

Et il le poussa par-derrière.

Mais il semblait à Lamourette qu'un mot de passe était prononcé.

La Dame du Job avait ouvert ses portes. Le peuple de ses nuits avait fait irruption. Il descendait de la colline comme les brigands de Syrie. Il en venait de Saugues-les-Bois, il en venait d'Orkozoum, il en venait d'Ampasimbé-la-Sablonneuse, il envahissait l'horizon. Cette région prodigieuse où se rejoignaient la vie et le pays de la Dame du Job, la reine du Champ de Tir, on s'y engageait soudain comme dans l'histoire de France ou les dédales d'un conte persan. Elle arrivait, pareille à la reine de Saba, avec sa caravane et tous ses chameliers, ses trésors qu'on déballe à la hâte et qui luisent dans l'ombre des sables.

Dans le brouillard qui était tombé, ou dans le nuage, car on était très haut et c'était peut-être un nuage, il cherchait une Nuit des Nuits et ne pouvait pas la trouver. Il savait seulement que c'était sur la montagne, qu'il y avait de la neige et des flammes, des dames, des paysans, des chevaux, des traîneaux et une odeur d'encens autour des enfants rouges.

La nuit, comme son rêve, était pleine de signaux, de feu, d'étoiles roses, de traits d'or, de télégrammes terribles; on entendait tonner le canon. Il allait chercher une grande clef. La Dame du Job, fleur du Vertige, dansait au sommet du Champ de Tir.

Des mitrailleuses qu'on ne voyait pas, dans la vallée, faisaient un bruit de machine à écrire.

Il était quatre heures du matin quand Lamourette se réveilla en face d'un homme qui avait un fusil à l'épaule et une lanterne à la main.

– Chef, chef, criait cette forme étrange, noire et dorée, le capitaine vous demande tout de suite.

Lamourette ne sut pas pourquoi ces mots l'atteignaient tout à coup comme si on lui avait dit par exemple : « Dieu vous demande. » Il y avait longtemps que personne ne l'avait demandé. Longtemps. Qui donc l'aurait demandé? Marie. Oui, elle l'avait demandé. Et pour tous les 20 juin. Mais ce devait être le 25. Et le capitaine n'était pas Marie. Les idées du réveil sont encore pleines de nuit et le soldat avait l'air naturel. Ce n'était pas une pièce de théâtre. On n'était pas chez la Dame du Job. Mais il arrive que la vie reçoit parfois la Dame du Job. Ou qu'elle lui glisse des objets inexplicables dans la main comme cet œuf qu'un examinateur glissait dans la poche d'un élève.

Le soldat tenait une lanterne. Elle éclairait encore le rêve de Lamourette qui se mêlait aux objets de la salle, à la mappemonde, au vieux buffet, aux sarraus pendus à des clous, et qui se retirait lentement, avec des clapotis d'étang, arrachant l'ombre et dessinant une table, et laissant se volatiliser ce qui pouvait rester au fond d'une vieille tenture des parfums d'Orkozoum et de l'odeur négresse d'Ampasimbé.

– Le capitaine?

Lamourette sentait le globe de ses yeux lui faire mal jusqu'au fond de la tête. Il essaya de se lever, son bras lui fit pousser un cri. Son corps était raide comme du bois. Marie! Marie! Mais la silhouette de Marie s'effaça derrière le rideau.

– J'ai cru que je ne vous réveillerais pas, dit le soldat.

Lamourette lui prit sa cigarette sur la bouche et tira deux ou trois bouffées.

Marie, Marie, que tes mains étaient blanches sur le piano du vieux salon!

– Je te la rendrai quand je serai debout.

Il vit sur sa manche souillée le bout de laine noirci de purin qui lui défendait d'être malade. Il s'assit, gémit, et se leva. Il faisait froid, ses dents claquaient. Il avait la fièvre.

Marie, que ton cou était blanc dans le rayon qui tombait des persiennes et où dansaient des poussières mauves et dorées.

– Passe-moi ton bidon.

Il siffla une lampée.

– Putain de guerre et garces de femmes!... Conduis-moi.

Il prit sur la chaise son ceinturon, et ce lourd revolver d'ordonnance dont on l'avait étrangement armé, il suivit l'homme dans l'escalier à la lueur de la lanterne.

Le couloir dallé sonna sous leurs souliers ferrés. Au bout, la nature s'annonçait par un petit rectangle blanc qui était la porte ouverte sur la rue. En y arrivant l'aube les surprit. On la voyait au fond de l'impasse, à droite, au-dessus du plateau. L'air était glacial.

Ils passèrent dans une petite rue noire. Leurs godillots sonnaient comme dans une cathédrale. Derrière une vitre jaune on voyait des silhouettes. Une tête qui passa devant la lampe promena une ombre qui avait l'air d'une tête de cheval. Ils entrèrent dans la maison.

– C'est ici, dit le soldat.

Lamourette poussa une porte et se trouva devant trois officiers, dans une cuisine obscure éclairée par une bougie. L'électricité ne marchait plus. Le capitaine pointait des choses sur une carte. Un lieutenant à la face rouge regardait cette carte en se penchant un peu sur l'épaule du capitaine. Un autre tambourinait sur les carreaux de la fenêtre. La table avait une toile cirée à dessins jaunes, il y avait du feu dans le fourneau et une cafetière qui chauffait dessus. Le lieutenant qui pianotait sur la fenêtre avait un profil d'homme du monde, l'autre, une allure de chasseur campagnard, et le capitaine une vraie tête de civil comme on en voit dans les bureaux sérieux où l'on respire l'aisance et le mérite modeste.

Lamourette salua. Dans la pièce voisine on entendait des bruits de pas. Le lieutenant qui tambourinait se retourna vers Lamourette et les deux autres levèrent les yeux sur lui.

Ils le regardaient tous les trois.

— Il paraît que vous êtes le seul à connaître un peu la région? demanda le capitaine d'une voix métallique qu'il avait ramenée de la Légion.

— Ce n'est pas tout à fait celle-là que je connais, mon capitaine.

— Enfin, personne ici ne peut la connaître mieux que vous! Votre adjudant m'a dit que vous étiez de par là. Ne jouons pas sur les mots. Notre temps est précieux.

— Je crois que je ne peux guère me retrouver qu'à une vingtaine de kilomètres sur l'ouest.

— Précisément. C'est là qu'il faut aller. Vous êtes blessé?

— Légèrement, mon capitaine.

— Mais vous pouvez marcher?

— Je l'espère.

— Voilà un pli. Vous le remettrez au commandant Lemaître de l'autre côté du plateau. Prenez la route jusqu'à Grand-Paluel. Après, débrouillez-vous. Je crains que d'ici vingt-quatre heures nous ne soyons complètement encerclés. Vous avez compris? Répétez.

— Je vais à Grand-Paluel par la route, je traverse le plateau comme je peux. Je cherche le P.C. du deuxième et je remets le pli au commandant.

— Parfait. Bonne chance.

Lamourette salua. Les trois officiers le regardaient. Il se retrouva dans la ruelle. On distinguait derrière la vitre jaune, l'ombre du lieutenant qui était maintenant pareille à une silhouette de femme turque. L'aube était grise, les pas sonnaient.

Ce fut à Grand-Paluel qu'il fut pris dans le nuage.

Grand-Paluel est au fond de la vallée, ensuite on monte vers le plateau. Il s'était fait conduire par un motocycliste. Une panne l'avait empêché de continuer. Il était reparti à pied.

Grand-Paluel ne se voit pas de la route. Au bord de celle-ci il n'y a que quelques maisons, trois ou quatre granges avec de grandes portes grises couvertes d'affiches de liqueurs, et le portail de fer d'une maison qu'on ne voit pas, avec un haut wellingtonia qui fait songer à un jardin splendide, mais le mur le cache entièrement.

Il lui sembla qu'il était passé là à bicyclette dans son enfance.

Marie, Marie, quand ai-je vu cette maison? Etait-ce un jour de grand soleil, pour les vacances? Ou dans le livre qui disait : « Il y avait là trois maisons solitaires », avec l'image, et on sentait que l'histoire serait triste, mystérieuse, et désespérée? Je ne t'avais pas encore vue mais déjà tu étais dans ma tête. Il ne restait plus qu'à te trouver. Que le ciel était bleu derrière le sureau! Qu'il y avait de fleurs sur les reposoirs de la Fête-Dieu! Que le soleil était torride et la route blanche avec sa poussière en farine... et maintenant?... et maintenant...

Tous les volets étaient fermés, la route déserte, et, dans le brouillard, il vit défiler de chaque côté le garçon blanc et le garçon rouge de l'affiche de la liqueur qui faisait de la réclame sur les portes des granges. Ils allaient dans le même sens que lui. Tout paraissait mort sur la route. Combien de temps marcherait-il ainsi?

– Et allez donc!

Son bras lui faisait affreusement mal. Ses yeux ne distinguaient pas bien. On ne voyait que le brouillard. Il s'y mêlait au loin, parfois, un bruit de canon, et la bouteille de liqueur, que le premier garçon portait sur un plateau avec des gestes prétentieux, prenait la forme de la tête de Tischmacher. A d'autres moments elle sautait hors du plateau et les précédait sur la route avec son cachet rouge imprimé sur le menton et ses blancs de gouache sur les joues. A ses côtés, silencieusement, les garçons plats de la réclame marchaient aussi. Entouré des garçons de café et précédé de la tête du mort, Lamourette avançait comme une espèce de procession cérémonieuse ou une fable de La Fontaine dont on aurait perdu la clef. Il lui semblait que la Dame du Job marchait derrière lui silencieusement, avec son peuple, ébloui par le jour, que les mitrailleuses délogeaient de ses cachettes de la nuit et des montagnes que le canon battait comme un tapis.

Il était près de midi et demi quand il parvint à la maison douanière qui marque le sommet de la côte. Il ouvrit une boîte de singe et la mangea. Il n'y avait plus rien dans sa tête. Tout ce qui était dedans avait sauté dehors, comme quand on ouvrit la boîte de Pandore, et se cachait capricieusement dans le paysage, ou l'entourait. Les garçons plats, debout sous un sapin, au garde-à-vous, portaient leur plateau de liqueur aussi tranquillement que dans une salle de café. La tête de Tischmacher, translucide et brillante, pendait dans les branches d'un bouleau à la façon d'une lanterne vénitienne.

Il alluma une cigarette, se secoua, et repartit si lentement qu'il se demandait à quoi bon continuer à avancer ainsi. Il arriverait certainement trop tard, mais savait-il? Si tard qu'il arrivât, le message avait peut-être quand même une espèce d'utilité. Et puis il n'en était pas juge. Il avait une mission; il fallait la remplir.

– Garce de guerre, pensa-t-il.

Cinq cents mètres plus loin la route n'existait plus. On ne pouvait pas s'orienter dans le nuage qui cachait tout. Il trouva sur sa gauche un arbre qui portait une pancarte en bois : « Font de Neyre, 1 500 mètres », et une flèche bleue. Il suivit le chemin. Mais c'était à peine un chemin. Il traversait une forêt, il montait dans le roc et la fougère humide. On en avait jusqu'à mi-corps. On trébuchait sur les racines. Le garçon blanc tomba comme Figuret. Lamourette sursauta en entendant le cliquetis d'un casque qui heurtait la pierre. Il se retourna.

– Un casque? se dit-il. Que je suis bête! C'est son plateau.

Il passa la main sur ses yeux et le cadavre plat du garçon de la liqueur disparut du vert des fougères.

– Décidément, se dit Lamourette, ça ne va pas mieux!

Mais il avait peur que ça revienne et il vécut dans l'inquiétude d'entendre encore sonner le plateau du garçon blanc et des pièges de la Dame du Job.

Il se demandait à tout instant s'il n'était pas entièrement perdu. Pourtant, une ou deux fois, il revit la flèche bleue clouée à un tronc de bouleau. La dernière était au bout de la forêt. Elle indiquait un espace sans route et sans limite, recouvert uniformément d'une herbe rase et maladive. Lamourette se dit :

– Je suis complètement perdu.

Il avança derrière les garçons de la liqueur qui conservaient à leurs plateaux, à travers ces péripéties, un équilibre inaltérable. Deux cents mètres plus loin, ils lui ouvrirent une porte armée de fil de fer barbelé, comme une porte de parc à moutons, qui ne donnait exactement sur rien. A ce moment-là, le vent s'engouffra dans leurs tabliers impeccables, rigides jusqu'alors comme du zinc, il les tordit, les déforma, il les gonfla comme des voiles, il allongea les deux garçons jusqu'à mi-ciel, les spirala comme des vapeurs molles et poussa le tout à reculons vers les nuages, avec toute une armée d'autres garçons du même genre qui s'inclinaient en s'en allant. Leur défaite libéra le ciel : On le vit un instant tout bleu. C'était le nuage qui avait passé, tordant comme des torchons le cortège de ces derniers fantômes. Lamourette, désespéré, vit alors que la porte étrange donnait exactement sur un néant sans fin de vallonnements recouverts de la même herbe maladive, avec des taches de vert plus sombre qui annonçaient des endroits spongieux et dont l'extrémité se perdait dans le ciel. Cette porte seule, sans murs et sans barrières, était ornée d'une grosse pancarte qui disait : « Messieurs les visiteurs sont priés de refermer derrière eux. » A partir de là, c'était le vide. On ne met pas une porte au vide. On n'enferme pas les montagnes. Cette porte parut à Lamourette plus incohérente que tout.

Dix minutes plus tard, dans un nouveau nuage, Lamourette se trouvait perdu sur l'herbe rase et dans les vallonnements spongieux, ne voyant ni devant ni derrière, ni à droite ni à gauche, et les pieds clapotant, la capote lourde d'eau, en service commandé au milieu du néant comme le prouvait sa jugulaire. Il avait faim, il avait soif, il grelottait, l'humidité poussait sa fièvre et la tête de Tischmacher dansait devant lui à six pas, à hauteur d'homme. De temps en temps elle s'éteignait. Il la perdait, il la retrouvait. Il se dit qu'il fallait la suivre...

Il y avait des moments où il fallait monter et la fougère était épaisse, d'autres où il fallait descendre dans des pierres et passer des ruisseaux pleins d'énormes cailloux. Mais si vaste était le plateau qu'il lui avait paru tout plat. A force de monter et de descendre et de se retrouver partout comme s'il n'avait pas bougé, Lamourette se demanda s'il devait continuer sa route. La tête de Tischmacher n'éclairait plus le chemin. Il avait oublié pourquoi il était là et il lui fallut un moment pour se rappeler ce qu'il faisait dans ces montagnes. A quoi bon continuer ? Il n'arriverait pas.

Il entendit le bruit d'une eau qui coulait; il s'approcha : il vit des auges de granit posées bout à bout en escalier; l'eau sortait d'un tuyau de fer au bec taillé comme une fleur et coulait d'une auge dans l'autre. Une vingtaine de chevaux sauvages buvaient sans bruit. Ils levèrent la tête et le regardèrent ensemble, puis ils se remirent à boire. D'autres, plus loin, attendaient leur tour avec un ordre et une patience qu'on ne trouve pas chez les humains. Il y avait une jument blonde avec une queue et une crinière de lin. Lamourette fut étonné. Il n'avait jamais vu de cheval de cette couleur. La tête de Tischmacher dansait au-dessus de la jument blonde. On n'entendait plus le canon. Il se retourna et entendit un chien. Il approcha et vit une longue maison basse. Il frappa à une fenêtre. Le chien aboyait méchamment. Lamourette poussa la barrière. Le chien gronda et lui sauta au bras. Il avança. Le chien le mordit au même endroit. Lamourette sortit son gros revolver et l'abattit.

Un double écho tripla le coup de feu. Les chevaux détalèrent. Ils n'étaient pas ferrés et faisaient peu de bruit. Tout se passait comme au petit cinéma où il allait dans son enfance; on faisait le tonnerre dans la coulisse, mais les chevaux galopaient en silence.

Lamourette frappa à la porte. Il appela. Personne ne vint. La porte était fermée. Il regarda le cadavre du chien et sentit une pitié affreuse. Tant de morts jonchaient déjà sa route. Ce chien encore.

Il partit lentement sur une espèce de sentier qui s'en allait entre des tournesols dont les énormes disques jaunes semblaient sortis, dans ce brouillard, d'un rêve de fou. Il fut saisi par le silence. La tête de Tischmacher dansait au niveau des gros tournesols. Ces chevaux qui passaient sans bruit pour se dissiper dans l'espace, ce froid terrible, cette fièvre, ce silence surtout, sur ces incohérences... La Dame du Job était puissante et ses labyrinthes infinis. Ce tête-à-tête avec des tournesols, à quinze cents mètres au-dessus du monde, bientôt seul avec la mort – la fièvre le tuait –, lui apparut soudain comme une chose extérieure avec laquelle il n'avait rien à voir. Le monde était fou. Marche toujours. Cent mètres plus loin, sur une pente, le sentier bifurquait. Lamourette prit à droite et se perdit de nouveau sur des tertres d'herbe rase et dans des vallées spongieuses. Il s'obstina. Tout devenait de plus en plus vide, de plus en plus sauvage et de plus en plus angoissant. Il lui semblait qu'il arrivait au bout du monde. Et il y eut un moment où il sentit qu'il franchissait le pas décisif. Il était sûr qu'il se trompait, qu'il faisait fausse route. Il aurait dû déjà descendre et ne cessait pas de monter. Mais le pli commandait. Et il fallait agir. Aller à droite? Aller à gauche? Aucune raison plus valable que pour décider d'avancer. Il se dit follement qu'une fois tout en haut, il redescendrait quelque part. Aller tout droit c'était du moins une méthode. Mais un mur barrait le passage. Sa mort l'attendait quelque part, derrière ces maigres buissons, dans ces gouffres et dans ces brumes. Elle le guettait, elle l'attendait, elle l'épiait. Elle était froide, humide et molle. Elle le traquait comme un gibier. Elle l'avait laissé aller pendant vingt ans pour s'amuser, maintenant elle le tenait. Mais elle l'avait mûri pour elle, elle l'avait pris petit garçon pendant le cours de français où l'on expliquait Corneille, et dans toutes les versions latines, et elle se l'était préparé. Il ne l'attendrait pas; il irait jusqu'à elle; il voulait la voir face à face pour savoir à quoi elle ressemblait. C'était lui qui irait la chercher. Il se rua sur la muraille. Les deux garçons de l'affiche lui firent la courte échelle et lui tendirent la main pour le dernier talus. Il imaginait follement qu'une mitrailleuse était cachée, qui allait l'abattre. Et il fonça. Il se trouva sur une espèce de plate-forme et il vit qu'il était perdu.

Il n'avait rien pour sortir de là. Il fit un pas et trouva un gouffre. Il recula, c'était un autre abîme. On devinait, au-dessous des buissons qui formaient des masses noirâtres, de longs à-pics, et, sur la droite et sur la gauche, des murs gris qui devaient être au soleil des falaises blanches avec ces tons que Claude Lorrain donne à ses temples, et, parfois, des éclats de mica. Où avait-il déjà vu ce paysage qu'il connaissait par cœur depuis un certain jour, mais lequel? Une date lui échappait. Une image lui revint de très loin qui parlait des mêmes falaises et de lieues de pays déserts, et d'une ville au fond d'une vallée, avec le pont et une tour, comme un jouet que la montagne aurait au creux de son tablier. C'était la lumière du malheur ou de quelque autre grande chose.

Il décida de revenir sur ses pas et de prendre le chemin d'herbe qui partait sur la droite après les tournesols. Mais pourrait-il seulement retrouver le chemin qu'il avait pris pour arriver ici? Ce n'était pas un chemin, c'était de l'herbe foulée. Il roula le long de la muraille. Il s'enfonça dans une fondrière. Il se perdit dans les déserts de grosses pierres blanches qui avaient l'air de troupeaux pétrifiés, il grelotta, il fut couché, il fut assis, il fut debout, il se traîna, il se heurta, il rampa, il marcha, il essaya de courir derrière les garçons de la liqueur et de les dépasser d'un seul coup quand ils s'assirent comme pour se cacher derrière l'une des grosses pierres. Mais ils avaient bêtement allumé une lampe à pétrole sur la pierre et se figuraient que Lamourette ne les entendait pas parce qu'ils chuchotaient.

Il ne retrouva pas le sentier des tournesols. Mais il lui sembla que la brume enveloppait des présences confuses et rapides, et des galops silencieux. Il fut pris par moments par des espèces de zones d'immobilité singulières; il y flottait une odeur d'étable et une espèce de chaleur; c'étaient des moutons sans berger qui se serraient les uns contre les autres. Il vit passer des chevaux au galop qui couraient sans bruit comme des visions sur l'herbe rase; il revit la jument de lin; il en trouva serrés sous une haute pierre; il y eut aussi des ânes roux d'une élégance miraculeuse, aux oreilles en fer de lance, plus racés que des chevaux arabes, pareils, en haut d'un rocher, à quelque dessin japonais.

Il y eut un moment rassurant où les deux garçons de l'affiche furent montés sur la jument de lin. A dix reprises, à ce moment-là, il crut apercevoir l'allée des tournesols. Il y arrivait, ce n'était pas elle. Les sonnailles des chevaux se perdirent dans la brume. Le nuage devint plus épais. Il n'y eut plus rien. Et puis plus rien que ce bras douloureux, ces pieds martyrisés, cette tête en feu, ces mains glacées, ce papier qu'on tâte sous sa capote, et la tête de Tischmacher qui danse au loin, blanche et barbue, scellée de rouge et transparente sur l'ondulation du brouillard comme la tête du crucifié sur le voile de Véronique.

Et puis plus rien. S'il avait retrouvé l'allée des tournesols, il lui semblait que sa vie aurait été changée. L'allée des tournesols prenait dans son esprit la valeur d'un symbole étrange et la puissance d'un mirage. Il y entrait comme dans une nef de cathédrale. Il voyait à portée de sa main les têtes noires des fleurs s'aligner dans le brouillard; leurs disques jaunes oscillaient comme des balanciers de pendules qui marquaient une heure éternelle avec je ne sais quoi d'amer et de frivole, de tragique et de somptueux, et d'ironique, qui avait le goût même des nocturnes latitudes, des banquises et des carnavals, des palmiers et des terres promises sur lesquelles la Dame du Job promène sa fumée spiralée, ses gestes de danseuse, ses grelots et son sourire inquiétant, comme la lune sur les ruines de Palmyre.

– Marche, bourrique.

Il fallait porter ce pli. C'était une bénédiction, au milieu de tous ces fantasmes, d'avoir ce but.

Il n'y eut plus rien. Et puis plus rien. Et puis des sonnailles de chevaux. Et puis il n'y eut même plus de bruit ni de silence. Et puis il n'y eut plus que les étoiles. Et dans ce brouillard on ne savait pas d'où elles venaient.

Il allait dans le néant, comme un homme qui attend d'un effort épuisant et aveugle de voir surgir soudain la raison de ses actes, la récompense inattendue qui lui rappellera le but depuis longtemps oublié de son effort; comme un grimpeur désespéré qui se trouve tout à coup sur le sommet.

Ce fut alors qu'il crut voir un homme en grand manteau qui passait devant lui une lanterne à la main. Il l'appela, mais l'homme ne répondit pas. Tischmacher avait disparu et les garçons de café. Tout fut remplacé par cette ombre et cette lueur de lanterne que diaprait un halo de brouillard. Il lui sembla qu'il n'avait qu'à la suivre et qu'il trouverait le secret, peut-être même le chemin de l'allée des tournesols. Il essaya de courir pour rattraper le passant, mais sa fatigue était affreuse, son bras pesait comme un bras de pierre, et la fièvre, qui l'exaltait, le faisait chanceler par moments. Le passant allait d'un grand pas lent mais régulier qui n'hésitait jamais et que n'arrêtait aucun obstacle. Il ne butait pas sur les pierres, il ne ralentissait pas en montée.

Par instants, Lamourette croyait rattraper le passant parce qu'il se rapprochait un peu; il parvint même à distinguer les larges raies brunes et beiges de sa grande limousine qui était couleur des moutons. Et d'autres fois, il restait en arrière et le voyait diminuer dans le brouillard. Sans la lanterne, il l'eût perdu. Alors il croyait tout fini, comme si tout eût dépendu de cet homme. Il l'appelait, mais l'homme ne répondait pas; il devait être sourd. Lamourette se demanda dans quel rêve, dans quelle autre vie, dans quel livre ou dans quel pays il avait entendu parler de ces bergers muets. Il se rappelait confusément une histoire de médecin, de sourds-muets, d'enfants de l'Assistance publique employés par des paysans; et ces histoires, dont le détail le fuyait, ne laissaient dans son cerveau que le souvenir du tapis autour des pieds de fauteuils dans le salon de son enfance : Tout le ramenait au pays de la Dame du Job. Jusqu'à l'odeur de brouillard et de fougères qui traînait sur ces plateaux vides. Ce berger sourd était peut-être le messager de la Dame du Job. Il le vit se retourner une fois et il lui sembla même qu'il lui faisait un signe. Il donna un dernier effort et il crut un instant qu'il le rattraperait. Mais le berger disparut soudain. Sa lumière s'était-elle éteinte? Il vit s'allumer dans la nuit une sorte de rectangle d'or entouré d'une lumière diffuse. Il pensa que c'était une fenêtre et il comprit que le passant était entré dans une maison.

Il marcha droit devant lui. Il faillit se heurter au mur. Et puisqu'il y avait une fenêtre, il fallait qu'il y eût une porte. Il la chercha en tâtonnant le long du mur sur la gauche. Il trouva le vide. Il revint sur ses pas. Ici le mur cessait. Il le longea. Puis il tourna. Mais alors, il y eut un autre mur qui était parallèle au premier. Il revint sur ses pas. Mais il était perdu. Il aperçut pendant quelques secondes, à hauteur d'un premier étage et assez loin, une fenêtre qui brilla. Sans doute l'homme passait-il là-bas avec sa lanterne à la main. Il alla dans cette direction. Cet homme qui rôdait dans la nuit, dans sa nuit à lui, Frédéric, c'était son homme. Il lui devait une explication. Il saurait tout. Mais Lamourette s'aperçut qu'il avait de l'eau jusqu'au mollet. Il était entré dans une mare. Il dut la contourner. Il y eut un nouveau mur. Il le longea en tâtonnant, cherchant la porte, jusqu'au bout. C'était un mur de pierres sèches, sans mortier. Il ne trouva aucune porte. Quand il fut au bout, il tomba. Il revit la terrasse en zinc. C'était comme si le jeu du vertige inauguré dans son enfance avait dû finir ce jour-là. Il retrouva ce goût de rite et de sacrifice qui donnait sa saveur bizarre au culte de la Dame du Job, et l'odeur de zinc surchauffé qui parfumait ses liturgies. Il était parti en arrière. Il s'abandonna à la pente, merveilleusement délivré de tout, de l'allée des tournesols, des deux garçons de café, de la tête de Tischmacher, et de l'exigence informulée qui veillait au fond de sa tête dans l'odeur du zinc surchauffé comme un souvenir qui vous échappe. Il lui sembla sentir la chaux du mur calciné de soleil contre lequel il s'agrippait dans son enfance. Il sentit une ronce qui lui griffait la main. Et il tomba comme un derviche épuisé par sa rotation.

Quand il se réveilla, la brume était partie. Le ciel était criblé d'étoiles, pur comme une nuit d'Orient. Il avait devant lui, sous lui, des gouffres d'ombre et des surfaces de verdure au bout desquelles il distinguait une petite maison, avec une petite lumière aussi pure que les étoiles, pareille à celles de ces cartes postales avec une inscription dorée sur lesquelles les paysans et les soldats envoient leurs vœux aux demoiselles.

Et au milieu du gouffre, en bas, il vit la ville de l'avant-veille dessinée par ses becs de gaz. Les becs de gaz, à un certain endroit, formaient une espèce de rond de perles. C'était la place Aristide-Chevarin. Il la reconnut. Ce n'était pas Orkozoum, certainement; ce n'était pas

Ampasimbé-la-Sablonneuse. C'était la ville de son enfance. C'était le pays de la Dame du Job. Son enfance surgissait de la guerre, inattendue, violente, inexplicable, comme une commode Louis XV au milieu d'une inondation. Il revit tout à coup le Principal du collège avec sa jaquette à élytres, comme une espèce de gros hanneton barbu, coiffé d'un melon, sous le fronton triangulaire de la grande porte, et la statue des frères Sauvèze qui avaient inventé le fromage du pays.

Dans une rue qu'on ne distinguait pas, il devina la pièce obscure où sa plume d'écolier grinçait sur les dictées et, juste au-dessus, celle où Marie l'avait vu partir un soir lointain. Qu'y avait-il de commun entre lui et cet homme, et cet enfant, qu'il avait laissés en chemin? Il se sentit plus mince, plus léger, plus immatériel que cette ombre qui avait été la dernière chose que Marie avait vue de lui, sur le plafond et le mur du salon. Une ombre si mince qu'elle pouvait s'introduire sous la porte dans la mémoire d'une enfant amoureuse, mais si longue et large d'épaules qu'elle ne pouvait s'y remuer sans se cogner contre tous les murs.

Il se rappela un flacon de rhum qu'il avait au fond de sa poche et il le vida d'un seul coup. Ensuite, il se rappela le message. Ensuite, il ne se rappela plus rien.

Il était quatre heures du matin. Le froid le réveilla avec toutes ses douleurs. Il s'aperçut qu'il était en haut d'une espèce de promontoire. Les étoiles brillaient comme en mer, et, dans un fond vertigineux, des brouillards laiteux se traînaient au milieu d'une espèce de gouffre bleu marine. Il alluma une cigarette. Il sentit son esprit abandonner son corps rouillé, perclus et douloureux, comme une vieille auto qu'un chauffeur abandonne au bord d'un fossé avec ses ressorts qui grincent et ses roues déglinguées, comme un objet qu'on jette à la poubelle.

A la lueur de l'allumette, il aperçut la petite ancre rouge au coin de son col ouvert et relevé. Il lui semblait qu'il faisait le quart sur une dunette à bord de la Terre. Le plateau avançait en angle sur le ciel et tanguait comme une proue de navire; il se sentait embarqué sur le globe dans une espèce d'aventure merveilleuse, immense, frivole, passagère et désespérée. Il se sentait de quart au milieu des étoiles, à bord du globe, magnifiquement. Il n'y avait qu'à doubler la lune, passer les détroits de la Grande Ourse et s'enfoncer dans l'horizon. N'avait-il pas le pli dans sa poche? Il n'avait plus qu'à s'enfoncer comme un bateau dans cette porte immense de l'espace qui recule à mesure qu'on l'approche. Tout lui apparaissait facile et grandiose, et solennel, comme à un homme qui exhale un grand soupir au moment de toucher le but après une course épuisante. Il était soutenu par la fièvre. Il lui semblait qu'il levait l'ancre. Léger comme une plume et pesant comme un plomb.

La vie disparaissait au loin, derrière lui, comme un port qu'on quitte en chantant. Il se sentait merveilleusement délivré de tout par le seul souci de cette consigne qui était l'unique chose qui restât dans sa tête et lui donnait la splendide permission de ne plus s'occuper de rien d'autre. Il était de quart à bord du globe avec une boussole qui indiquait bien la route; l'incohérence solennelle de l'univers s'organisait autour de ce petit mot d'ordre avec une docilité de troupeau autour du berger. Il était comme un roi de la Terre.

Il essaya de se lever, dans sa fièvre, pour aller au-devant d'une grande rencontre. Et la Terre, qu'il gouvernait dans son esprit, s'agrippa à ses deux épaules et lui fit sentir dans ses bras, ses jambes, ses reins et sa tête, qu'elle gouvernait férocement son corps. Il retomba en gémissant.

L'aube s'annonça par deux barres jaunes, lisses et glacées, le long de la montagne de l'est. Le froid réveilla Lamourette. Il avait le corps raide comme une planche, les articulations rouillées comme un vieux verrou et le cerveau, la pensée, pareils à un mal blanc. D'ailleurs il se sentait tout entier douloureux et tendu comme un panaris. Il se retourna sur le côté, alluma une cigarette, et, le menton dans la main, regarda dans le gouffre. Il lui fallut longtemps avant de se rendre compte.

D'où revenait-il? Il s'étonnait de sa capote militaire, de ce gros revolver qui lui pilait la hanche. Puis, petit à petit, les choses revinrent, se mirent en place. Il se rappela qu'il était perdu dans la montagne, que le pays était en guerre et qu'il devait porter un pli.

Mais il lui semblait en même temps qu'une autre histoire se déroulait. Une espèce de conte oriental et d'aventure fabuleuse dont il n'était pas réveillé : Cette histoire de Terre promise par la tête de Tischmacher; une aube étrange qui naissait d'un labyrinthe plein de sonnailles de chevaux, au seuil d'une allée de tournesols gardée par des garçons d'affiche. Le soleil se levait sur la vallée. Il ne sut s'il rêvait ou si c'était la vie. A mesure que l'ombre s'en allait et que le soleil chassait les brouillards des fonds humides, un pays sortait des ténèbres, qui était celui de son enfance. On dit qu'on le voit toujours plus grand et que la réalité déçoit : C'était le contraire. Il ne se le rappelait pas si grand, si formidable et si majestueux. Ce n'était que gouffres et chaînes, torrents, massifs. Une montagne portait, sur une prairie verte, comme un joujou dans le creux de son tablier, la petite maison qu'il avait vue la veille. Et sa ville, au milieu, au fond... Il n'aurait qu'à tourner la tête pour voir l'auberge du Champ de Tir. Il hésita pour ne pas gâcher son illusion... Puis il tourna la tête. Et l'auberge fut là.

Il éprouvait, à la voir, une gêne, une assurance, une sorte de vertige comme s'il s'élevait de marche en marche sur un escalier solennel.

– Suis-je idiot, pensa-t-il.

Il ne pouvait pas en douter : C'était l'auberge du Champ de Tir !

Elle était délabrée, avec des murs plus jaunes, moins gris que dans son souvenir. Mais son toit de lauzes était pareil à autrefois. Il vit le coin de la muraille où il était tombé. C'était une chute d'un mètre à peine. Il se leva péniblement.

Ce fut le soir de ce jour-là, ce fut au bout de ce labyrinthe que Lamourette arriva devant l'auberge comme on arrive au bout de sa vie.

Il ne reconnut pas la maison de la mort. La maison de la mort, c'est celle qui a un cintre surbaissé et ce monsieur qui passe au fond, derrière la fenêtre, sous la lumière jaune du gaz. Il l'avait dessinée cent fois dans ses images, car il trouvait toujours moyen de la placer sur une colline, avec ce bec de gaz ancien qui éclaire une enseigne usée. Mais celle-là n'était pas la même. Elle était encore plus étrange. Elle lui était encore plus familière. Elle revenait d'encore plus loin et plus profond. Mais cette fois il la reconnut, en dépit de l'épais brouillard. Il la reconnut à un chiffre qui était gravé dans la pierre, sans symétrie. La porte en était entrouverte. Il entra en silence, comme dans une église, pour ne pas réveiller le dieu qui devait sommeiller derrière ces apparences, sous la poussière du vieux temps, sous la cendre des saucissons, sous la patine du vieux calendrier des postes, avec ses filets dédorés, qui datait de 1920.

La salle était obscure, mais il y avait un feu de bois qui faisait une flamme jaune et rose dans la bouche du fourneau de cuisine, et des reflets dansaient sur la table polie, comme le matin où les soldats étaient partis en laissant dans la plus belle chambre le cadavre du caporal.

Il se laissa tomber sur une chaise de paille entre le fourneau et la table et desserra sa jugulaire, puis il mit un coude sur la table et laissa voluptueusement tomber sa tête sur son bras. Puis il écouta les rumeurs qui semblaient monter des grosses dalles récemment arrosées d'une eau qui faisait des huit noirs sur leur surface grise, comme on écoute un coquillage en l'appuyant sur son oreille. C'était le bruit de sa jeunesse, mêlé au reflet du foyer, aux ombres des coins noirs, aux sursauts de la flamme qui secouait tout le mobilier comme un torchon couleur de miel et de fumée. Elle montait autour de lui comme une marée. Elle jetait à ses pieds des dorures, des épaves, des cadavres, elle secouait des barques folles. Des collégiens ramaient sur des gondoles et il crut voir, dans une flaque, les piliers verts de l'escarpolette du Petit Venise. Il y avait une odeur de vin dans un verre vide.

Il lui sembla qu'un pas feutré traversait ces rumeurs confuses. Il entendit ouvrir la porte. Et soudain il eut un sursaut. Il lui sembla qu'on venait de frapper sur son épaule. Et qu'une voix lui disait à l'oreille, comme autrefois dans le dancing de La Madrague : « Eh bien ! jeune homme, je vois qu'on cherche un petit métier. » Comme autrefois, à cette invitation étrange, il se sentait pris dans un piège, et en même temps marié à quelque chose de nouveau qui commençait. Alors il releva la tête pour reconnaître le visage du destin. La Dame du Job était entrée. Elle avait dû quitter sa place à la fenêtre de la chambre. Elle était venue lui dire adieu. N'était-ce pas sa dernière halte ? Tant de messagers étaient venus le chercher de sa part sans qu'il en comprît le sens : Le petit faune de terre cuite, la tête de Tischmacher et l'odeur des fougères, les sonnailles, et ce berger sourd qui l'avait perdu sur le plateau. Il ne savait plus au juste quand. Mais cette fois c'était elle-même, la femme des Toits et des Vertiges, celle qui danse dans le brouillard au sommet du plateau.

Il avait entendu trois pas dans la cuisine. Et puis plus rien. Et cette femme était là. Elle ressemblait étrangement à Marie... Oui, fallait-il qu'il eût la fièvre ! Elle ressemblait à Marie. Ce ne pouvait donc pas être elle, car les coïncidences nous trompent dans ce monde plein d'embûches où il faut craindre toute joie. Et pourtant il la connaissait. C'était une femme qu'il avait vue. C'était même la seule femme du monde. Mais où l'avait-il vue pour la première fois?

Elle s'était arrêtée, et la flamme, par moments, l'éclairait d'une grand rayon jaune qui avait l'air de la faire sauter, qui lançait son ombre au plafond, déplaçait comme une moire les ombres qu'elle portait sur elle et faisait apparaître à la fois dix femmes différentes pour une seule, une espèce de bouquet mouvant qui dansait sans bouger les pieds, tantôt jaune, tantôt noir, tantôt rouge, tantôt bleu et tantôt vert. Où l'avait-il connue? Des scènes revenaient, au hasard du passé, où il avait vu cette femme. Des décors de tous les pays, et même des costumes qu'il avait inventés.

– Je vous ai connue, dit-il... Vous aviez une robe rose... Je me rappelle... C'était à Beyrouth?

– Non, dit-elle.

– Vous n'étiez pas infirmière à Beyrouth?

– Non, dit-elle.

– Alors je ne sais plus.

Elle regardait avec surprise cet homme qui la regardait, ce paquet de nuit, plus noir que la cuisine, qui l'épiait, en balançant la tête comme un serpent qui suit la flûte d'un Hindou. La flamme n'éclairait que son épaule kaki. Il avait un bout de lilas accroché dans sa patte d'épaule et sa barbe mal rasée entourait par moments d'un duvet d'or la ligne de sa mâchoire. Elle tourna le bouton électrique. Elle vit un homme à la face jaune, d'un jaune doré. Elle vit son bras immobile, sa manche raidie de sang caillé, sa capote noire d'humidité recouverte de croûtes de glaise, et son menton était redevenu noir.

– Vous avez un érésipèle? demanda-t-elle.

– Non, pourquoi?

– Vous avez la figure toute jaune. On dirait de l'acide picrique.

- Ah! dit-il. Non. Pourquoi?... C'est peut-être du purin... Comme ma capote... On s'est battu derrière un tas de fumier. Vous voyez bien que vous étiez infirmière...

Il avait l'air vieux des faucheurs à la fin de la journée, et l'ombre que faisait son casque cachait ses yeux. Mais elle le reconnut à sa voix. La fièvre et l'enrouement la masquaient cependant, et des accents qu'il avait ramassés à traîner dans plusieurs provinces depuis la guerre. Mais sous ses croûtes, elle la reconnut à travers les trous comme une eau qu'on retrouve sous la glace. Elle revit le petit salon aux persiennes closes, la triste après-midi de province où elle faisait ses gammes sagement quand elle avait vu sur le mur, sous les rayons du Larousse de luxe en dix-sept volumes, l'ombre inattendue du sergent. Elle se rappela cette peur qu'elle n'avait pas eue quand l'ombre immense des épaules avait caché les exercices de Hanon, et ce baiser qu'elle attendait depuis toujours; et déjà, venu comme une ombre, il partait; ses épaules prenaient toute la largeur de la petite porte; ses cheveux dorés, au-dessous du képi noir, donnaient un air très jeune à sa haute silhouette. C'était ces mêmes épaules kaki qu'elle avait devant elle aujourd'hui, et sa voix, elle la reconnaissait. Elle ne l'avait pas entendue ce jour-là. Ce jour-là, il n'y avait eu que le bruit de ses pas. Mais elle entendait aujourd'hui jusqu'au bourdonnement de la guêpe qui s'était posée sur la fenêtre dans une larme de résine que la chaleur arrachait au bois blanc. Il était entré comme une ombre, à pas de loup, dans sa jeunesse; il était parti comme une ombre; il avait passé comme une ombre devant sa lampe et son soleil.

– Ce n'était pas à Beyrouth, dit-il, vous êtes bien sûre?

Il la regarda longuement :

– Vous vous appelez Marie, dit-il, comme un enfant qui ouvre une porte défendue, le cœur battant.

– Oui, dit-elle. Marie... comme tout le monde.

– Oui, dit-il, Marie-tous-les-jours.

Il ajouta :

– Je vous ai bien reconnue.

Et c'était vrai, mais, par prudence, dans ce monde où tout ment, il n'avait pas voulu se croire tout de suite. Cette fois il était certain. Mais sans doute était-ce trop tard et à l'encontre de toute sagesse. Il revit la page du vieux livre dans cette bibliothèque qui sentait le bois de sapin, le soleil d'été et la tenture poussiéreuse. « Prenez le monde comme il est, et ne ressemblez pas à ce prince persan qui courait pour trouver une princesse qui ressemblât à certain portrait qu'il avait vu au trésor de son père, et qui se trouva avoir été la maîtresse de Salomon. Vous ne trouverez pas, disait le vieux livre, la maîtresse de Salomon. » Cette fois, il l'avait trouvée. Il se méfiait de ce bonheur. Il y a des chances qui ne disent rien qui vaille. Il est toujours dangereux de brasser les vieux proverbes. Et d'ailleurs, l'avait-il trouvée ? Quand on la trouve, est-ce encore elle ? La Terre promise, quand on la touche, n'est plus que la terre obtenue... Marie, Marie... Au bout de l'allée des tournesols ! Il fut frappé du romanesque inadmissible de cette rencontre. Et il s'aperçut tout à coup – et c'était bien le dernier moment pour y penser – du romanesque de sa vie. Jamais il ne l'avait remarqué. Car le romanesque nous fuit. Il ne vient jamais qu'après coup. Les plus grands événements peuvent passer sur nous, nous ne les voyons même pas, dans la succession de nos gestes. Le romanesque est une création des livres. Il n'est que dans l'attente ou dans le souvenir. Etrangement, pour la première fois de sa vie, Frédéric remarqua avec étonnement qu'il assistait au romanesque. Il en resta surpris et méfiant, comme en face de toutes les choses qui se passaient au pays de l'allée des tournesols. Pourtant, elle qui voyait les choses, elle l'avait bien dit elle-même, elle s'appelait Marie-comme-tout-le-monde. Pour la première fois de sa vie, et il était sans doute aux portes de la mort, le pays de la Dame du Job s'était posé sur la géographie; les deux royaumes coïncidaient, il n'avait plus besoin de deux âmes; et c'était au moment où il n'y avait plus rien.

Sur le moment, il ne sentit que le temps qui avait passé. Elle en sortait, inattendue, comme un bijou du fond d'un coffre, sous des robes et des tapis, du fond de la malle d'un voyageur qui vient de loin, du fond de sa vie; cette vie qui allait sans doute finir au bout de l'allée des tournesols – comme un enfant qu'on lâche debout sur le verglas –, après l'avoir tant amusé et tant fait souffrir si longtemps; cette vie « diverse et magnifique » dans son aridité et dans son amertume, sa splendeur et sa richesse et sa folie. Elle revenait, du fond de ses souvenirs, avec son air grave et frivole, comme une petite fille à la veille de la distribution des prix, avec la tête toute sucrée de ses volutes, toute compliquée de ses bigoudis.

Il n'en voulait plus à Marie. Il n'avait plus de griefs contre elle. Au bout de l'allée des tournesols il n'y a plus de griefs contre personne. Le monde n'est plus devant vous que comme au bout d'une lorgnette. Et soi-même on est très loin de soi. Elle était le plus vrai de cette vie qui allait finir, car que peut devenir une vie au bout de l'allée des tournesols? Que peut devenir un enfant lâché sur le verglas en haut de la pente?

– Je ne vous ai jamais vue si belle, lui dit-il.
– Non, dit-elle. Ni si malheureuse.

Elle était à portée de sa main. La lumière de l'ampoule l'avait fait sortir des mille équivoques de l'ombre qui la modelaient avec la flamme, dans les amas confus de la nuit, comme un vieux rêve de Terre promise dans le chaos. Elle était là, avec sa tête si nette, et son profil définitif, comme une vignette de timbre-poste, et c'était vrai qu'elle ressemblait un peu, avec ce fichu sur la tête, à la femme des timbres-poste qui sème du blé dans un champ.

– Donnez-moi du vin, lui dit-il, il faut que je parte.

Elle apporta un verre. C'était un verre d'auberge, bas, épais, taillé à facettes. Elle lui versa à boire. Et ce verre de vin, sur cette grosse table, avait l'air qu'ont les verres de vin sur les images d'Epinal.

– Où voulez-vous aller? dit-elle.
– Il faut que je porte un pli, répondit Lamourette.
– Où donc? dit-elle.

Il haussa les épaules :

— Je ne sais plus.

Il ajouta, après avoir vidé son verre :

— Par là... A Challes, à Orkozoum...

Il indiquait la nuit par la fenêtre. Elle était traversée de petits éclats rouges, parallèles et rectilignes, qui allaient par deux, de brèves lueurs étoilées comme ces rayons qu'on voit sur les images d'optique, blancs sur fond noir autour de la flamme d'une bougie, et de petits arcs de parabole rose tendre. Elle était pleine d'un bruit de télégraphe en délire. Le canon aboyait, des mitrailleuses tapaient comme cent mille machines à écrire les messages de la mort violente, et, de loin en loin, une fusée-parachute tombait du ciel avec des grâces et des dandinements de méduse.

— A qui, lui demanda-t-elle, devez-vous porter ce pli?

— Je ne sais plus, dit-il. Je ne sais plus. Qu'importe? A quelqu'un. Peut-être qu'il est mort. On m'a dit qu'il avait été tué.

— Eh bien alors...

— Quoi, alors?

— Restez là! Vous voyez bien que vous êtes malade!

Il redevint méfiant. Des ombres l'entouraient. Il se battait au fond de son souvenir contre des confusions et des doutes.

— Je le savais bien, dit-il, que vous étiez infirmière. Vous portiez une robe blanche. Vous aviez une bague verte. Des mains de pianiste. Non?... Faites voir vos mains... Ce n'était pas à Beyrouth?

— Ah! Laissez Beyrouth, dit Marie... Nous sommes en France. Vous ne me reconnaissez pas?

— Oui, oui, dit Fred.

Il ajouta :

— Il faut que je porte ce pli.

— Ah! dit-elle en se tordant les mains. C'est de la folie. Vous ne serez donc jamais sérieux!

— Il faut que je porte ce pli.

— Quel pli? fit-elle. Restez donc là. On a balayé toutes les chambres. Il ne nous reste plus que cette maison de mon grand-père. Nous n'y sommes réfugiés que de ce matin, mais nous avons des draps, nous pouvons vous loger. Vous ne pouvez pas repartir comme ça.

Il la regardait d'un air curieux, avec une attention tranquille.

– Voilà, dit-il... Maintenant, prenez une cigarette. Je vais en fumer une avec vous, et après ça j'irai porter mon pli.

Il tira le paquet de sa poche. Il y restait trois cigarettes. Il lui en donna une, prit l'autre et posa la troisième derrière son oreille.

– Une pour l'oreille, dit-il, comme disait Figuret.

Elle alluma la cigarette dont elle n'avait pas envie, mais elle pensait gagner du temps. Frédéric la regardait encore. Ses yeux brillaient. Il la trouvait très belle. Le vin avait fouetté sa fièvre et la vie était magnifique. C'était peut-être le vieux livre qui s'était trompé sur la vie.

– Marie, dit-il. Marie. Je vous ai bien reconnue.

Il ajouta avec une sorte de sourire :

– Vous êtes la maîtresse de Salomon...

– Je ne suis la maîtresse de personne, dit Marie, d'un ton impérieux.

Il continuait à la regarder.

– Même pas la vôtre! ajouta-t-elle.

– Marie, dit-il en poussant un soupir.

Il ne sut pas à quel moment ils furent debout, mais soudain il l'eut devant lui; une face sans tristesse et sans joie, sans sourire, sans pli, sans mélange, avec des grands yeux ouverts dans lesquels il ne savait pas lire, mais simplement qui le regardaient et qui ne voyaient pas autre chose; ces yeux sans tendresse et sans rêve, ces yeux graves et qui demandent, qui sont les yeux mêmes de l'amour. Ces yeux graves qui sont la face même de l'amour. Il vit ces deux yeux solennels venir vers lui du fond de l'ombre, du fond de son passé le plus lointain, à la recherche de son âme immortelle. Et la Consigne le tenait par la main.

CHANSON DE FRED

Mon roseau noir, ma tour d'opale,
Mon enfant, mon matin d'été,
Mon hirondelle et ma cymbale,
Ma douceur, ma sévérité,

Mon liseron, ma transparence,
Mon ombre et mon opacité,
Mon remords et ma complaisance,
Mon mensonge et ma vérité,

Ma Chine et ma rive étrangère,
Mon lointain, ma proximité,
Mon pilote et ma passagère,
Ma conteuse et ma racontée,
Mon horizon, ma familière,
Et mon impossibilité,

Ma mélodie et mon silence,
Ma halte et ma mobilité,
Ma maison, mon fleuve et ma danse,
Mon départ et mon arrivée,

Mon roseau noir, ma tour d'opale,
Mon masque et ma solennité,
Mon hirondelle et ma cymbale,
Mon luxe et ma nécessité,

Mon pain, mon vin, ma fausse oronge,
Mon pardon, ma complicité,
Herbe du rite et fleur du songe,
Porte de mes Félicités.

DU MÊME AUTEUR

Romans :

BATTLING LE TÉNÉBREUX OU LA MUE PÉRILLEUSE, Gallimard, 1928.
Prix Blumenthal. L'Imaginaire, 1982, *préface d'Angelo Rinaldi*.

LE FIDÈLE BERGER, Gallimard, 1942. Folio, 1984,
préface de Ferny Besson.

LES FRUITS DU CONGO, Gallimard, 1951.
Prix international du roman de langue française. Prix Charles-Veillon.
Folio, 1981.

LA MAISON DU JOUEUR DE FLÛTE, Arléa, 1986,
préface de Ferny Besson.

Nouvelles :

BADONCE ET LES CRÉATURES, La Cigale, 1937. Julliard, 1982,
préface de Gabrielle Rolin.

L'AUBERGE DE JÉRUSALEM, Le Dilettante, 1986,
préface de Ferny Besson.

Voyages :

LA BASSE AUVERGNE, de Gigord, 1936.

Ouvrages illustrés :

L'AUVERGNE ABSOLUE, Julliard, 1983,
préface de Ferny Besson.

JEAN DUBUFFET ET LE GRAND MAGMA, Arléa, 1988,
préface et iconographie de Jean Dubuffet.

Chroniques (choisies par Ferny Besson)

DERNIÈRES NOUVELLES DE L'HOMME,
préface de Jacques Laurent,
introduction de Ferny Besson, Julliard, 1978. Presses Pocket, 1982.

ET C'EST AINSI QU'ALLAH EST GRAND,
préface de Jacques Perret, Julliard, 1979.

L'ÉLÉPHANT EST IRRÉFUTABLE,
préface de Pierre Daninos, Julliard, 1980.

ALMANACH DES QUATRE SAISONS,
préface de Jean Dutourd, Julliard, 1981.

ANTIQUITÉ DU GRAND CHOSIER,
préface de René de Obaldia, Julliard, 1984.

BANANES DE KÖNIGSBERG,
préface de Ferny Besson, Julliard, 1985.

LA PORTE DE BATH-RABBIM,
préface de Ferny Besson, Julliard, 1986.

ÉLOGE DU HOMARD ET AUTRES INSECTES UTILES,
préface de François Taillandier, Julliard, 1987.

LES CHAMPIGNONS DU DÉTROIT DE BEHRING,
préface de Charles Dantzig, Julliard, 1988.

IMPRIMÉ EN FRANCE PAR BRODARD ET TAUPIN
Usine de La Flèche (Sarthe).
LIBRAIRIE GÉNÉRALE FRANÇAISE - 6, rue Pierre-Sarrazin - 75006 Paris.

ISBN : 2 - 253 - 05130 - 6   42/3126/2